SE TRATA DE AMAR MUCHO

Paulinas *GRUPO EDITORIAL LATINOAMERICANO*

ARGENTINA 1030 BUENOS AIRES
Larrea 44/50, Telefax (011) 4952-5924 y líneas rotativas
editorial@paulinas.org.ar / www.paulinas.org.ar

BOLIVIA COCHABAMBA
Nataniel Aguirre 0349, Telefax (42) 51.180
LA PAZ: Colón 627, Telefax (2) 32.60.84
Loayza 143, Telefax (2) 2316263 / paulinas@ceibo.entelnet.bo

BRASIL 04039-000 SÃO PAULO, Rua Pedro de Toledo 164,
Tel. (11) 2125-3549, Fax (11) 2125-3548 /
editora@paulinas.org.br

CHILE SANTIAGO - LA FLORIDA
Av. Vicuña Mackenna 6299, Tel. (2) 221 2832,
Fax (2) 2943426 / paulinasedit@entelchile.net

COLOMBIA SANTAFÉ DE BOGOTÁ
Cra 32ª Nº 161ª- 04; AA 6391, Tel. (1) 671.89.74,
Fax (1) 670.63.78 / pauliedi@paulinas.org.co

ECUADOR QUITO
Selva Alegre 169 y 10 de Agosto, Telefax (2) 50.16.56
fspccs46@access.net.ec

ESTADOS UNIDOS MIAMI, FL. 33174
145 S.W. 107th Ave #2, Tel. (305) 225.2513,
Fax (305) 225.4189 / paulinasFL@aol.com

MÉXICO 09890 MÉXICO, D.F.
Boulevard Capri 98 - Lomas Estrellas
Tel. (005255) 656.19.44/2064, Fax (005255) 607.00.40
paulinas@mail.internet.com.mx

PARAGUAY ASUNCIÓN
Azara 279 (casi Iturbe), Tel. (595) 21440651,
Fax (595) 21440652 / paulinas@pla.net.py

PERÚ LIMA, 1
Jr. Callao 198 - Apdo. 982, Tel. (1) 427.82.76,
Fax (1) 426.94.96/459.38.42 / editorial@paulinas.org.pe

PUERTO RICO 00925 - 3322 RÍO PIEDRAS
Arzuaga 164, Tel. (1) 764.4885,
Fax (1) 767.62.14 / paulinas@yunque.net

R. DOMINICANA SANTIAGO DE LOS CABALLEROS
16 de Agosto 134, Tel. (809) 5826290, Fax (809) 583.64.52

URUGUAY MONTEVIDEO
Colonia 1311, Tel. (00598-2) 900 68 20,
Fax (00598-2) 902 99 07 / paulinas@adinet.com.uy

VENEZUELA 1071 CARACAS
Av. Sucre, Edif. Yutaje, torre B, Los Dos Caminos
Tel. (02) 286.35.15, Fax (02) 285.72.17 / fspcdven@cantv.net

TERESA DE JESÚS

SE TRATA DE AMAR MUCHO

Autobiografía
Camino de perfección
Las moradas

Adaptación y síntesis
Juan Pedro André

Paulinas

248	Teresa de Jesús
TER	Se trata de amar mucho - 2ª ed. - Buenos Aires :
	Paulinas, 2000
	192 p. ; 15 x 11 cm. (Verdad y vida)
	ISBN 950-09-1393-3
	I. Título - 1. Meditaciones

Diseño de cubierta: Cecilia Ricci

2ª edición, mayo de 2000
3ª reimpresión, junio de 2005

ISBN: 950-09-1393-3

Paulinas
Larrea 44/50, 1030 Buenos Aires, Argentina.
Telefax (011) 4952-5924 y líneas rotativas. Fax directo de 18 a 09 hs.
E-mail: editorial@paulinas.org.ar / ventas@paulinas.org.ar
www.paulinas.org.ar

1. AUTOBIOGRAFÍA

Presentación

La autobiografía de santa Teresa, desde el comienzo hasta su última página, está caracterizada por el rasgo distintivo de los santos: la humildad.

Desde el inicio se preocupa en señalar la parte que le corresponde a Dios en su propia vida.

Aunque el Señor se le mostró incontables veces, sin embargo, no ve en ello motivo para sentirse mejor que las demás, ni siquiera para estar segura del beneplácito divino.

Las numerosísimas gracias recibidas no son para ella confirmación de su modo de proceder, sino que son apremio para servir más y mejor a Dios.

La santa se sorprende y se asombra sin cesar por las deferencias que tiene el Señor con ella.

Se podría decir que la autobiografía de santa Teresa —a su modo y con su mentalidad española— es un extenso desarrollo del cántico de María Santísima: ¡Mi alma engrandece al Señor y mi espíritu se alegra en Dios, mi Salvador, porque ha puesto los ojos en la humildad de su esclava!

Hemos dejado de lado muchos de los pasajes de la vida de la santa para evitar la reiteración y también por carecer, ciertos hechos, de interés a nivel popular.

Creemos que las experiencias de Teresa son, en gran escala, una réplica de lo que les sucede a todos los que buscan acercarse cada vez más a Cristo.

EL ADAPTADOR

Prólogo

Me han pedido que ponga por escrito todos los favores que me ha hecho el Señor, aunque yo hubiera preferido escribir detalladamente sobre mis grandes pecados y mi ruin vida. Pero esto no me lo han permitido.

No sé quién leerá este relato de mi vida pero, sea quien sea, tenga bien presente la bajeza de mi proceder. Traté de consolarme con la historia de la vida de los santos, pero fue inútil. Ellos, una vez comenzado el seguimiento de Cristo, no lo volvían a ofender. Yo no sólo volvía a ser peor, sino que parecía que me empeñaba en resistir las gracias que me daba el Señor.

Sea Bendito por siempre Dios, que tanto me esperó y a quien con todo mi corazón suplico me ayude para que con claridad y absoluta verdad escriba lo que mis confesores me han mandado sobre mi vida.

Que estas líneas sean para gloria y alabanza del Señor y para que mis confesores —conociéndome de este modo mejor— ayuden a mi flaqueza para que pueda servir mejor a su Majestad, único merecedor de toda gloria y alabanza. Amén.

Infancia

Si no hubiera sido tan ruin, hubiera sido suficiente para ser buena el tener padres virtuosos y piadosos.

Mi padre leía continuamente libros buenos y los ponía a nuestro alcance para que los leyéramos mis hermanos y yo. Mi madre cuidaba de que rezáramos y se preocupaba de que fuéramos devotos de Nuestra Señora y de algunos santos.

Mi padre era muy caritativo con los pobres y los enfermos y con los criados de la casa. Nunca nadie lo vio jurar ni murmurar. Era un hombre muy recto.

Mi madre también fue de grandes virtudes y pasó la vida con grandes enfermedades. Siendo muy hermosa, nadie jamás notó que ella se preocupara de eso. Murió muy cristianamente a los treinta y tres años de edad.

Éramos tres hermanas y nueve hermanos. Todos, gracias a Dios, muy virtuosos, excepto yo, aunque era la más querida de mi padre.

Era muy compañera de uno de mis hermanos que tenía casi mi edad. Leíamos juntos vidas de santos. Al leer los martirios que muchos de ellos habían sufrido por Dios, me parecía que habían conseguido muy fácilmente ir a gozar de Dios en la otra vida. Yo deseaba también morir así, no por amor de Dios sino por ir a disfrutar de inmediato de los grandes bienes del Cielo. Y junto con este hermano hacíamos planes para conseguir el martirio. Iríamos a tierras de moros para que allí nos cortaran la cabeza... Ahora veo que era el Señor el que nos daba ánimos en tan tierna edad.

Nos asombraba mucho, en aquella época, leer que tanto la condenación como la gloria son para siempre. Conversábamos mucho sobre eso y nos gustaba repetir muchas veces: para siempre, siempre, siempre. El Señor quiso que al pronunciar esto mucho rato, me quedara impreso desde la infancia el camino de la verdad.

Como vimos que era imposible ir a tierras de moros para que nos mataran por Dios, decidimos ser ermitaños. Y en un jardín que había en casa tratamos de hacer unas pequeñas capillas con piedritas que se nos venían enseguida abajo.

Al considerar ahora aquello, me da devoción cómo me daba Dios tan tempranamente lo que yo perdí por mi culpa.

Recuerdo que cuando murió mi madre tenía yo doce años y, muy afligida, fui ante una imagen de Nuestra Señora suplicándole, con muchas lágrimas, que fuera mi madre. Creo que aunque lo hice ingenuamente me valió, pues siempre que me he encomendado a ella me ha escuchado y al fin me atrajo hacia sí.

Me da pena, ahora en el presente, el no haber sido constante en aquellos buenos deseos de los comienzos.

Después de esos primeros años, a pesar de haber recibido una gran ayuda de mis padres para caminar en el sendero del bien, sin embargo, comencé a utilizar todas mis cualidades naturales —que según dicen eras muchas— para ofender al Señor en lugar de emplearlas para darle gracias.

Distanciamiento de Dios

Comencé a leer libros de caballería y al mismo tiempo se me fueron enfriando los buenos deseos de antes. Comenzaron a faltarme las fuerzas para hacer el bien.

Me parecía que no estaba haciendo nada malo al emplear muchas horas del día y de la noche en esas inútiles lecturas que, sin embargo, leía a escondidas de mi padre. Había llegado a tal extremo que, si no tenía libro nuevo cada vez, me sentía muy infeliz.

Comencé a usar adornos y a desear que me admiraran. Me arreglaba muy bien las manos y el peinado, también me perfumaba y cuidaba de cantidad de otras vanidades. Todo sin tener mala intención, pues no quería que nadie ofendiera a Dios por mi causa.

Durante muchos años viví con esos cuidados sin darme cuenta de lo malo que era.

Tenía muchos primos y primas con los cuales trataba frecuentemente y de todas las buenas amistades que podía elegir justo escogí la peor. Me encariñé con una parienta muy mundana que venía a menudo por casa. Pasaba largos ratos con ella conversando de pasatiempos y vanidades, sin llegar nunca a pecado grave y sin haber perdido el temor de Dios.

Ahora me doy cuenta del daño que hace una mala compañía. Si no lo hubiera experimentado, no lo podría creer. ¡Ojalá los padres se dieran cuenta del daño que hace a sus hijos una mala amistad!

En mi caso personal, aquellas huecas conversaciones barrieron mis buenos deseos e inclinaciones de la infancia.

Lo único que me preocupaba, en ese entonces, era mi propio honor, lo demás me tenía sin cuidado.

Así transcurrió un tiempo en pasatiempos y vanas conversaciones hasta que mi padre, cuando yo tenía dieciséis años, me llevó a un convento para mi educación.

Los primeros ocho días los pasé muy mal pero luego quedé más contenta que en mi propia casa, pues ya estaba algo cansada de tantas vanidades. No había dejado de tener gran temor a Dios y en cuanto lo ofendía trataba de confesarme lo antes posible.

Aunque en aquel entonces me repugnaba el pensamiento de hacerme monja, sin embargo, me alegraba al ver tan buenas y piadosas monjas en aquel convento al que me habían llevado. Con su ejemplo y conversación, poco a poco, volví al bien de la primera infancia.

Me parece que el Señor andaba mirando y probando por dónde atraerme de nuevo junto a su lado. ¡Bendito seas, Señor, que tanto me aguardaste!

Primera conversión

En aquel convento había una monja encargada de las alumnas que hablaba muy bien de las cosas de Dios, era muy discreta y santa. Me daba mucho gusto oírla y por su medio el Señor comenzó a darme luz.

Su trato y conversación fueron desterrando de mi corazón las malas costumbres que había sembrado aquella mala compañía. Retornaron a mi mente aquellos buenos deseos de las cosas eternas y comenzó a desvanecerse la inquina que tenía contra la posibilidad de llegar a ser monja.

Cuando veía que algunas monjas se conmovían y llegaban hasta llorar en sus oraciones, sentía gran envidia de ellas porque yo tenía un corazón tan duro que, aunque leyera toda la pasión del Señor, no llegada a derramar ninguna lágrima, lo que me acongojaba mucho.

Permanecí un año y medio en ese monasterio con gran aprovechamiento de mi parte. Allí comencé a rezar muchas oraciones vocables y procuraba que todas me encomendasen a Dios para poder elegir el estado de vida más conveniente.

Por un lado, no deseaba ser monja y esperaba que Dios no me llamara para esa vocación y, por otro lado, también temía casarme.

Al término de mi permanencia en aquel internado, ya me atraía la vocación religiosa, pero no en aquel convento que me parecía muy riguroso.

Tenía una gran amiga mía que era monja en otro convento y esta era la verdadera razón para no quedarme allí —si acaso me decidía a entrar en un monasterio— pues prefería estar con esa amiga.

Miraba más la satisfacción de mi gusto personal que el buscar hacer en todo la voluntad de Dios.

En esa época contraje una grave enfermedad y tuve que volver a la casa de mi padre. Cuando estuve algo mejor, me llevaron a la casa de una de mis hermanas que me quería mucho.

También estuve, de paso, en casa de un tío, un santo varón que terminó sus días de fraile. En su casa, muchas veces, le tuve que leer libros religiosos que no eran de mi gusto. ¡Bendito sea Dios que, contra mi voluntad, me hacía leer lo que me convenía y así me fue disponiendo para que eligiera el estado de vida que él quería para mí!

Con aquellas lecturas y la buena compañía, fui entendiendo la verdad vislumbrada en mi infancia de que todo era nada, la vanidad del mundo y la brevedad de las cosas.

Poco a poco, a disgusto, fui acariciando la idea de ser monja. En esta lucha interior estuve tres meses forzándome a mí misma con este argumento: que los trabajos y penas de ser monja no podían ser mayores que los del purgatorio y que como yo había merecido el infierno, no importaba que pasase el resto de mi vida en tal purgatorio, después me iría derecho al cielo.

En esa lucha de pensamientos creo que me movía más el temor que el amor a Dios.

Del maligno me venían pensamientos opuestos para apartarme de mi proyecto de ser monja: no aguantarás el rigor del convento, estás acostumbrada a una vida muy cómoda.

Pero contra eso yo me defendía con los trabajos padecidos por Cristo: si él había sufrido tanto, no era mucho que yo sufriera algo por él y que él mismo me ayudaría a soportarlos.

Pasé muchas tentaciones esos días.

Como caí enferma —tenía muy poca salud— leí las cartas de san Jerónimo, que me animaron de tal suerte que me decidí a comunicar a mi padre mi decisión de ser monja. Esto era lo mismo que tomar el hábito; después de haberlo dicho una vez, nunca daría marcha atrás.

Como mi padre me quería tanto no hubo manera de convencerlo de que me dejara entrar al convento. Muchos le hablaron para que cediera, pero todo fue inútil. Solamente aceptó que al fin de sus días yo hiciera lo que me agradase.

Pero como yo desconfiaba de mi constancia, busqué otra solución.

En el convento

En esos días persuadí a un hermano mío de que se metiese de fraile. Decidimos salir de casa, un día muy de mañana, para ir hasta el convento donde estaba mi amiga.

Recuerdo que cuando salí me sentí morir. Sentí como si los huesos se me separaran entre sí por el inmenso amor que tenía a mi padre y mis parientes. Aun con la gran fuerza que me tuve que hacer, si el Señor no me ayudaba no hubiera sido capaz de seguir adelante.

Cuando tomé el hábito, el Señor me dio a entender cómo favorece a los que se hacen fuerza para servirlo. Me dio una alegría tan grande de ser monja que nunca jamás me faltó hasta el día de hoy.

Transformó Dios la sequedad que tenía en el alma en grandísima ternura. Me deleitaba en todas las cosas del convento. Algunas veces, cuando estaba barriendo, justo en las mismas horas que antes dedicaba a peinarme y arreglarme, sentía una renovada alegría de verme libre de esas preocupaciones. Yo misma me asombraba de esa alegría sin entender de dónde venía.

Cuando me acuerdo de esto, no vacilo en acometer las tareas más arduas que se me presentan. Pues ya he experimentado que, cuando me determino a hacer algo por Dios, aunque sienta que me cuesta horrores el comienzo, el mismo Dios viene luego en nuestra ayuda dándonos gran alegría en aquello mismo que nos ocasionaba espanto.

Jamás hay que dejar de llevar a la práctica una buena inspiración por los miedos que nos acometan, siempre que esos proyectos vayan sinceramente dirigidos hacia Dios.

El cambio en la vida y en las comidas me dañó la salud, aunque interiormente me sentía muy feliz. Me aumentaron los desvanecimientos y me sobrevino una enfermedad muy grande al corazón, junto con otras dolencias.

Pasé el primer año mal y, como muchas veces me desmayaba, mi padre me hizo ver por varios médicos. Como ninguno acertó a curarme, me llevó a otro lugar de renombre por sus curaciones. Me acompañó aquella monja muy amiga que ya he mencionado.

Estuve casi un año fuera del convento. Después de una larga espera, durante tres meses me hicieron unas curaciones tan dolorosas que no sé cómo las pude soportar.

Primeros pasos en la oración-meditación

Cuando me dirigía hacia aquel lugar de curaciones, el tío del cual ya hablé me dio un libro sobre la forma de hacer oración de recogimiento. Y como ya el Señor me había dado el don de lágrimas, comencé a tener ratos de soledad, a confesarme con frecuencia y a seguir aquel camino de oración, teniendo ese libro como guía.

Tengo que agregar que, en ese tiempo y durante veinte años, no encontré un guía, un confesor que me entendiese y me orientase aunque lo busqué. Esta carencia me fue ocasión de muchas contramarchas en mi camino y probablemente hasta me hubiera perdido del todo.

Dios comenzó a hacerme tantos regalos, en esos principios; en un lapso de nueve meses llegó a darme oración de quietud y algunas veces hasta oración de unión, aunque yo no entendía qué era eso y cuánto se debe apreciar.

Procuraba, lo más que podía, tener presente a Jesús Nuestro Señor y esta era mi forma de oración. También me agradaba leer buenos libros.

Sin embargo, debo confesar que, como no tengo mucho talento para razonar ni tampoco mucha imaginación, por más que lo intentaba nunca acababa de formarme una clara imagen de la humanidad del Señor.

Ahora me doy cuenta de que fue conveniente que no tuviera, en aquel entonces, nadie que me enseñara. Hubiera sido imposible que perseverara dieciocho años en las grandes arideces y trabajos que pasé por no poder orar reflexionando (meditando). Durante esos años solamente me atrevía a comenzar la oración teniendo un libro entre las manos. Porque aunque no siempre me sentía seca interiormente, me ayudaba del libro para fijar mi pensamiento en Dios. Algunas veces leía poco, otras veces mucho y otras veces me bastaba solamente abrir el libro para concentrarme y hacer oración.

Retornando a los comienzos, me asombro de la gran bondad de Dios que me regalaba tan magníficamente. Él no deja de pagar, aun en esta vida, hasta el mínimo deseo bueno que tengamos. Y por ruines e imperfectas que fuesen mis obras, el Señor las iba mejorando y perfeccionando y dando valor.

Prosigue el relato de las enfermedades

Olvidé decir las grandes inquietudes que pasé en el noviciado por cosas de poca importancia. Se me culpaba sin tener yo ninguna culpa, lo que soportaba con mucha pena e imperfectamente. Aunque con la alegría de ser monja, aguantaba todo.

Como me veían quedarme sola para orar y algunas veces lloraba por mis pecados, pensaban que era por descontento y así lo comentaban. Yo, sin embargo, estaba feliz con todo lo del convento pero no soportaba nada que fuera menosprecio. Personalmente quería ser estimada y me gustaba hacer bien las cosas y agradar a todo el mundo. Todo lo cual me parecía virtud, pero esto no sirve de disculpa.

Al ver la paciencia con que una monja soportaba una gran enfermedad, le pedí a Dios me diera una paciencia similar y de ese modo soportaría todas las dolencias posibles. Quería ganar, por cualquier medio, los bienes eternos.

Al pensarlo ahora me asombro, pues todavía no tenía aquel amor a Dios que luego tuve al comenzar a hacer oración.

El Señor oyó mi petición y antes de los dos años tuve aquella penosa enfermedad por la cual padecí las dolorosas curaciones.

Fue tanto el dolor que casi temí perder la vida. Algunas veces me daba la impresión de que agudos dientes me mordían el corazón, además me faltaban las fuerzas por no comer. Ni de día ni de noche tenía un momento de sosiego. La tristeza me ahogaba.

Después de esas curaciones, mi padre me llevó a otros médicos y todos me desahuciaron. Durante tres meses sufrí unos dolores intolerables en todos los nervios. Ahora me asombro y considero que fue una gracia del Señor la paciencia que tuve en aquella época.

Me ayudó mucho el haber leído la historia de Job y el haber comenzado a tener oración. Me daba mucho consuelo el recordar frecuentemente las palabras de Job: "Si recibimos los bienes de la mano del Señor, ¿por qué no sufriremos los males?".

Al acercarse, en agosto, la fiesta de Nuestra Señora, traté de confesarme como acostumbraba. Aquella noche tuve una parálisis que me duró cuatro días. Creyeron que moría, pues había perdido los sentidos; me dieron el sacramento de la unción. Se llegó a abrir la sepultura para enterrarme. Pero, gracias a Dios, volví a recuperar la conciencia.

Paciencia en las enfermedades

Después de esos cuatro días de parálisis, quedé con unos sufrimientos que sólo el Señor conoce. La lengua hecha pedazos de mordida, la garganta cerrada y una debilidad tan grande que ni podía tragar el agua. Me era imposible moverme.

Pedí que me trasladaran al monasterio, en donde estuve ocho meses postrada. El restablecimiento llevó tres años. Cuando comencé a moverme, daba gracias a Dios. Pero siempre estuve muy conforme con la divina voluntad aunque tuviera que quedar así de por vida.

Me confesaba muy a menudo y mi conversación era de continuo sobre las cosas de Dios.

Todos se admiraban de la paciencia que Dios me daba para soportar tal enfermedad, sin embargo, yo deseaba restablecerme para poder estar a solas en oración, pues en la enfermería del convento no tenía un momento de tranquilidad.

Como resultado de los favores que Dios me daba en la oración, mejoré en mi trato con los demás. En las conversaciones trataba de excusar las faltas ajenas evitando toda murmuración. También traté de que las demás procedieran de la misma forma. Aunque, en otras cosas, pido perdón a Dios por el mal ejemplo que daba.

También me quedó un grandísimo arrepentimiento de haber ofendido a Dios, al ver lo mucho que me daba y lo mal que se lo retribuía. Durante todo el tiempo de mi enfermedad tuve mucho cuidado en no ofenderlo. Y la mayor gracia, recibida de la oración, fue el procurar proceder en todo por amor a Dios y no por temor al castigo.

Devoción a san José

Por aquel tiempo tomé por patrono al glorioso san José y me encomendé mucho a él. Pude constatar cómo me ayudaba en diversas circunstancias. Me ayudaba en más de lo que le pedía. No recuerdo, hasta el momento presente, ninguna ocasión en que me haya dejado de escuchar. Es asombroso todo lo que ha hecho Dios por medio de este bienaventurado santo. Me libró de peligros corporales y espirituales.

Me parece que Dios da poder a otros santos para ayudarnos en algunas cosas determinadas, pero a san José no le ha puesto límite. Creo que como el Señor quiso estar bajo la tutela de san José cuando vivió en Nazaret —pues le obedecía como a padre— ahora en el cielo se complace en hacer cuanto le pide.

Querría persuadir a todos de que fuesen devotos de este glorioso santo por la gran experiencia que tengo de los bienes que alcanza de Dios. No conozco persona que, después de haberse encomendado a san José, no se vea más adelantada en el servicio de Nuestro Señor.

Si yo fuera escritora, de buena gana detallaría todos los favores que me ha hecho san José y también a otras personas. Sólo pido, por amor de Dios, que haga la prueba quien no me cree y verá por experiencia el gran bien que es encomendarse a este glorioso patriarca. En especial deberían tenerlo muy en cuenta las personas que hacen oración, pues no sé cómo se puede pensar en la Reina de los Ángeles, cuando cuidaba al Niño Jesús, sin darle gracias a san José por lo bien que cuidó a ambos.

El que no encuentre un guía o maestro que le enseñe a hacer oración, tome a este glorioso santo por maestro y no errará en el camino.

Espero no haber errado yo en el modo de expresarme sobre san José pues aunque hablo mucho, fallo y no acierto en imitarlo. Gracias a él pude curarme y volver a caminar, pero ¡yo usé mal de esa salud recuperada!

Enfermedad del espíritu

¡No sé cómo queremos vivir mucho siendo todo tan incierto!

Me parece, Señor mío, ya imposible dejarte del todo, como tantas veces te dejé. No puedo dejar de temer porque, cuando tú te apartas un poco de mí, doy con todo en el suelo. Bendito seas por siempre porque aunque yo te deje a ti, no me dejas tú tanto que no me vuelvas a levantar, dándome siempre la mano. Y muchas veces, Señor, no la quería tomar, ni quería entender cómo me llamabas una y otra vez.

Comencé de pasatiempo en pasatiempo, de vanidad en vanidad y andaba tan mal que hasta me llegó a dar vergüenza el hacer oración.

Al crecer mis faltas me comenzó a faltar el gusto por las cosas de Dios. Y fue en ese momento que sufrí el ataque más traicionero del demonio bajo apariencia de humildad: me hizo pensar que era mejor dejar la oración mental (meditación) puesto que yo era la peor de todas; que bastaba rezar solamente los rezos obligados para todas las monjas.

A esto se agregaba el sentirme culpable de engañar a la gente, pues me apreciaban mucho y yo, en mi interior, sabía lo indigna que era.

¿Cómo se enfermó mi alma? Comencé a tener conversaciones frecuentes con gente de fuera del convento que me venían a visitar, sin darme cuenta del mal que me producirían. Como era algo que se acostumbraba, pensé que no me harían mayor daño a mí que a otras que eran muy buenas monjas; sin darme cuenta de que las otras eran mejores que yo.

En aquella época no me daba cuenta de que en esas conversaciones malgastaba el tiempo. Aquella amiga que tenía en el convento me avisó más de una vez, pero yo no le hice caso y hasta me disgustaba con ella.

Hasta el mismo Señor quiso darme a entender que no me convenían esas amistades. Un día se me presentó Cristo, con mucha severidad, para hacerme ver lo disgustado que estaba con mi proceder. Lo vi con los ojos del alma, con mayor claridad que con los ojos del cuerpo y me quedó tan impreso que a pesar que ya han pasado veintiséis años no se me ha borrado.

Al principio quedé muy asombrada y conmovida y dispuesta a dejar esas conversaciones con las visitas. Pero después el maligno me indujo a creer que me había equivocado, que eran fantasías lo que había visto. Aunque en lo más íntimo de mi ser yo me daba cuenta de que aquella visión de Cristo era verdad, sin embargo, como contradecía mi gusto, buscaba argumentos que favorecieran mi forma de proceder.

Como resultado, terminé haciendo lo mismo; durante muchos años seguí manteniendo aquellas amistades y conversaciones.

Por aquel entonces fue que llegué a dejar de hacer oración mental durante más de un año, bajo pretexto de humildad como ya dije antes.

También en esto me trataba de convencer a mí misma aduciendo argumentos a mi favor: que estaba enferma y que no podía concentrarme para hacer oración.

A decir verdad, aunque esto no justifica el abandono de la oración, siempre tuve y tengo hasta ahora muchas dolencias. Durante veinte años sufrí de vómitos por las mañanas, sin poder desayunar hasta pasado el mediodía. Después que comencé a comulgar con frecuencia, sentía los vómitos por la noche, con grandes dolores aun en el corazón. También me daban fiebres frecuentes.

En la actualidad se me da muy poco de esas dolencias y muchas veces me alegro de padecerlas para ofrecérselas al Señor.

Reconozco que las dolencias pueden impedirnos una oración prolongada, pero hay momentos en que es posible orar. Y la misma enfermedad se puede transformar en oración, cuando se la ofrece al Señor y se acepta como venida de su mano.

Con un poquito de cuidado podemos aprovechar mucho en los breves momentos que levantamos nuestra mirada hacia Dios, en medio de los trabajos y enfermedades. Esto yo misma lo había comprobado en mi primera enfermedad.

A pesar de haber dejado la oración, a todas aquellas personas que veía dispuestas les enseñaba a hacer meditación y les prestaba libros sobre el tema. Pensaba que ya que no servía al Señor como debía, al enseñarles a otras, no se perdía del todo lo que me había dado.

Vuelta a la oración

Con motivo de la muerte de mi padre —que murió como un santo— comencé a confesarme con un sacerdote que me hizo entender mi error. Me hizo comulgar con frecuencia y me dijo que de ninguna manera dejara de hacer oración mental.

Volví a hacer meditación y nunca más la dejé, pero no corté mis vanas conversaciones con las visitas. Y así pasaba una vida trabajosa porque en la oración veía claro mis faltas; por una parte, me llamaba Dios y, por otro lado, yo seguía al mundo.

Todas las cosas de Dios me agradaban, pero las del mundo me tenían atada. Me parece que quería conciliar entre sí dos cosas contradictorias: vida espiritual y gustos y pasatiempos sensuales.

La oración me resultaba difícil porque estaba esclavizada a mis pasatiempos y distracciones. Apenas podía concentrarme en hablar a solas con Dios porque siempre llevaba en mi corazón mil vanidades.

Me asombro, ahora, de haber pasado muchos años sin haber dejado ni lo uno ni lo otro. Dejar la oración no podía, pues no estaba en mi mano. Era el Señor quien me mantenía en la oración para hacerme mayores gracias.

Pese a mis faltas se me tenía en mucho, entre las demás monjas, pues veían en mí otras cosas que les parecían buenas.

Creo que el mismo Señor miraba más mis deseos de servirle —y mi pena de no poder realizarlos— que mis grandes pecados.

¡Señor de mi alma! ¿Cómo agradecerte los favores de aquellos años? ¡Justo en el tiempo en que yo más te ofendía, no dejabas de regalarme! Con regalos castigabas mis delitos.

Realmente era más penoso para mí el recibir regalos que castigos como me lo merecía. Para mí era un tormento terrible y creo que para todos los que tengan algún conocimiento o amor de Dios.

Quizás me hubiera ayudado, en aquel tiempo, el tener a alguien con quien consultar o que me sirviera de guía. Por eso aconsejo a los que tienen oración, en especial al principio, el tratar con otras personas que les sirvan de ayuda, aunque solamente sea para ayudarse con oraciones el uno por el otro. Pues si la gente de mundo intercambia opiniones sobre sus pasatiempos y vanidades, ¿por qué los que buscan agradar a Dios no se comunican entre sí para encontrar la manera de servir mejor al Señor?

Quizás, al hablar de las cosas de Dios, se pueda sentir uno tentado a creerse mejor que los otros. Pero no está el remedio en dejar de hablar sino en proceder sinceramente por Dios.

No hay que hacer caso de ese tipo de tentaciones pues —si por llevarle la contra dejamos de hacer lo bueno que estamos haciendo— hasta dejaríamos de ir a misa. Ya que ¡hasta en misa nos pueden venir pensamientos de que somos superiores a los demás!

Tampoco se puede dejar de hacer el bien por evitar la tentación de ser admirado.

Estancamiento

Estuve en ese mar tempestuoso durante veinte años. Llevaba una vida mediocre, me caía y me levantaba. Sólo me preocupaba de no hacer faltas graves y les daba poca importancia a los pecados veniales.

En realidad, era una vida penosa, pues no disfrutaba ni de los pasatiempos mundanos ni del trato con Dios.

Aunque para ser sincera, en esos años hubo períodos —hasta un año entero— en que me daba más a la oración y cuidaba mucho de no ofender a Dios. Esto ocurría, en especial, cuando me sentía más enferma.

Gracias a que Dios me dio fuerzas, pese a todo lo que he dicho, no volvía a dejar la meditación.

No voy a ser tan atrevida como para ponerme a hablar aquí sobre la oración. Ya muchos grandes santos han escrito sobre este tema. Para mí, oración es tratar de amigo a amigo con Dios, durante breves o largos ratos.

Durante esos años el tema constante que trataba con Dios era acerca de lo mucho que lo ofendía y lo mucho que le debía, que hay gloria e infierno y los dolores que soportó por mí.

Durante ese tiempo me resultaba, muchas veces, difícil la oración; deseaba que sonara el reloj para finalizar mi hora de oración.

Prefería hacer algo bueno o una dura penitencia antes que recogerme a hacer oración. Algunas veces me tenía que hacer una gran violencia para comenzar la oración por la tristeza que me daba. Pero precisamente, cuando me era más dificultoso el comienzo, era cuando después me sentía con más paz y recibía mayores gracias.

Sentía yo que no estaba bien lo que hacía y le suplicaba al Señor que me ayudase. Pero creo que faltaba lo más importante: poner toda la confianza en él y ninguna en mí.

Buscaba remedio, hacía muchas cosas, pero no entendía que todo aprovecha poco si no quitamos del todo nuestra confianza en nosotros mismos y la ponemos en Dios.

Gracias a que perseveré en la oración se fueron remediando todos mis males y me fue dando Dios grandes regalos, como luego diré.

Segunda conversión

En una ocasión, al ver una imagen de Cristo flagelado, sentí una grandísima devoción y con lágrimas le pedí que me diera fuerzas para no volver a ofenderlo. Le dije que no me levantaría de allí hasta que no hiciese lo que le pedía. Y me parece que desde ese momento comencé a mejorar.

Como me costaba reflexionar, prefería hacer oración representándome a Cristo en su pasión, sobre todo en los momentos en que estuvo solo y afligido. En especial, me lo representaba en el huerto de los Olivos; deseaba limpiarle aquel penoso sudor, pero sin atreverme a hacerlo por mis pecados.

Durante muchos años, antes de dormirme, pensaba un poco en esa oración del huerto.

En aquel tiempo me dieron las *Confesiones* de san Agustín. Creo que el Señor así lo dispuso, pues yo nunca las había visto. Al leerlas me parecía verme a mí misma. Y cuando llegué al pasaje de su conversión y leí cómo oyó aquella voz en el huerto, me pareció que el Señor me habló a mí. Permanecí largo rato llorando. ¡Cómo se sufre por estar esclavizado deseando llegar a la libertad y qué de tormentos se padecen!

Después de esto, comencé a sentir más fuerzas en mi alma y también mayores deseos de estar en oración.

Vida nueva

En aquel tiempo me empezó a sobrevenir, por breves instantes, un profundo sentimiento de la presencia de Dios dentro de mí. Esto sucedía estando en oración, leyendo o en cualquier otro momento.

Pero antes de que me ocurriera eso tuve un período en que me conmovía sobremanera considerando los dolores de Cristo y mis faltas.

Puede ser que en parte sean nuestras las lágrimas que derramamos, en esos momentos, pero en parte nos las da Dios, pues a veces vienen sin que las podamos resistir. Parece que nos retribuye la atención que tuvimos en recordar la pasión, concediéndonos el consuelo de llorar por tan gran Señor.

Es importante darse cuenta de que es Dios quien nos está dando algo regalado; no es algo que provenga de nuestros esfuerzos o merecimientos. De este modo, brotará más amor y agradecimiento hacia Dios que tanto nos cuida y regala.

Tenemos que tener confianza en que si Dios nos comienza a regalar, él también nos dará fuerzas para resistir las tentaciones que nos apartan de la humildad.

Y así como recordamos todos los favores de la creación y de la redención para agradecérselos a Dios, también es conveniente que traigamos a la memoria estos favores particulares —que nos hace a cada uno— para darle gracias y sentirnos más comprometidos a amarlo y servirlo.

Lo que voy a escribir, de ahora en adelante, no quiero que se sepa que es mío. Si a alguien se le muestran estos escritos que no se me nombre. Si algo bueno dijere es gracias al Señor, lo que diga mal es mío. Todo lo escrito hasta aquí y lo que expondré solamente se hizo por cumplir una orden. Ruego que se me corrija y se quemen estos papeles si estoy equivocada.

Etapas de la oración

Como en otras ocasiones ya he escrito sobre este tema —a pedido de mis superiores— admito ahora el volver a relatar la forma en cómo nos va llevando Dios cada vez más cerca de sí. En este camino de la oración hay momentos en que no se puede dejar de exclamar:

¡Verdadero Señor y gloria mía, qué delgada y pesadísima cruz tienes preparada a los que llegan hasta aquí! Delgada porque es suave, pesada porque hay momentos en que es insoportable y uno no la dejaría nunca. Cuando recuerdo que no te he servido en nada y que viviendo te puedo servir, quisiera cargar una cruz más pesada todavía y llevarla encima hasta el fin de los siglos. No quiero descanso si con ello puedo hacerte un pequeño servicio; no quiero otra cosa más que a ti.

No pongas, Creador mío, tan precioso licor en vaso tan quebradizo, pues bien sabes las veces que lo he derramado. Parece que entierras los talentos en tierra inútil como soy yo.

Estas y otras cosas solía decir muchas veces. Después caía en la cuenta de mi necedad y poca humildad, pues bien sabe el Señor lo que conviene y que ni tenía fuerzas para salvarme si él no me las diera con tantos regalos.

Cuando comencé a escribir estas cosas de oración, como me habían ordenado, me parecía imposible poder hacerlo, como el hablar griego, por lo dificultoso del tema. Pero un día, después de comulgar, aclaró Dios mi entendimiento. ¡Oh virtud de la obediencia que todo lo puede! ¡Bendito sea el Señor que así favorece a los ignorantes! Por lo que vuelvo a repetir que lo bueno que se encuentre en lo que escribo viene del Señor y lo malo es mío.

Gracias a la oración y a los dones que Dios nos hace en ella, sentimos su grandeza. ¡El alma se hace devota de la Reina del Cielo, para que ella te aplaque, Señor! Se invoca a los santos para que nos ayuden. Todo lo que usamos parece bueno —aunque sea lo peor— pues uno ve que ni merece la tierra que pisa. Se frecuentan los sacramentos y se le da gracias a Dios por la fuerza medicinal que poseen; no sólo calman nuestras enfermedades sino que del todo nos sanan.

Creo que el Señor me dio tan grandes regalos porque vio mi debilidad, la prueba está en que conozco a algunas almas mejores que yo, que lo sirven sin tantos favores.

Cuando recuerdo el tiempo en que dejé de hacer oración, engañada por falsas razones de humildad, ¡qué ceguera la mía! ¿En dónde pensaba, Señor mío, encontrar remedio sino en ti? ¡Qué disparate huir de la luz para andar siempre tropezando! ¡Qué humildad tan absurda inventó en mí el demonio: apartarme de estar arrimada a la columna de apoyo para no caer!

Ahora me santiguo al recordar el terrible peligro que pasé. El tentador me había hecho pensar: ¿cómo siendo tan pecadora voy a hacer oración?; que me bastaba rezar como todas, si eso mismo no lo hacía bien, ¿cómo quería hacer más?

Cuídense, por amor de Dios, todos los que hacen oración. Sepan que el tiempo que estuve sin ella llevaba una vida peor. Me asombro y me espanto al acordarme de eso. Esperaba estar limpia de pecados para hacer oración. ¡Qué mal encaminada andaba, pues así hubiera seguido hasta el fin de mis días, cayendo de mal en peor!

Esto no quiere decir que al tener oración se acaben las tentaciones. Aunque un alma sea muy favorecida de Dios en la oración, que no se confíe pues puede caer. No deje de vigilar lo que sale de su corazón. Para esto y para todo hay gran necesidad de guía y trato con personas espirituales.

Vanos temores

Unas veces me atormentaba mucho —aun ahora también— el ver que personas importantes me tomaban en cuenta y hablaban muy bien de mí. Pues al mirar la vida de Cristo y de los santos me parece ir a contramano: ellos iban por camino de desprecios e injurias.

Cuando se me sobreestima, ni me atrevo a levantar la cabeza y me siento mucho mejor cuando sufro persecuciones y contradicciones.

Cuando pensaba que los dones extraordinarios que el Señor me daba se iban a conocer en público, era tan excesivo el tormento que quedaba muy inquieta. Creo que hubiera preferido que me enterraran viva a tener que pasar por eso. Y cuando tuve un éxtasis a la vista de todos, quedé después tan avergonzada que deseaba irme lejos donde nadie me viera más.

Una vez que estaba muy apenada por esas cosas, me dijo el Señor que "por qué temía, que en eso no podía sino haber dos cosas: o que murmurasen de mí o que lo alabaran a él"; dando a entender que tanto dijeran una cosa como la otra, redundaría en mi provecho, que no me atemorizara.

Esos temores me quitaban la paz y me di cuenta de que no nacían de verdadera humildad. Lo que la gente admiraba en mí no era algo propio sino de Dios; no tenía por qué preocuparme.

También caí en otro extremo. Cada vez que alguien veía algún bien en mí, le suplicaba a Dios que también viera mis pecados. Y hasta yo misma, por rodeos o como podía, le hacía entender mis pecados. Pues me parecía que engañaba a la gente.

Ahora me doy cuenta de que todos esos temores no estaban bien, pues si una persona está totalmente entregada a Dios, no tiene que importarle que digan bien o mal de ella.

Visita al infierno

Después de haber pasado bastante tiempo en que Dios me favorecía con grandes regalos, estando un día en oración me encontré, sin saber cómo, metida dentro del infierno. Entendí que el Señor quería que viese el lugar que se me tenía preparado por mis pecados. Todo ocurrió en un instante pero, aunque viviese muchos años, nunca lo olvidaré.

La entrada se parecía a un callejón largo y estrecho como la entrada de un horno, baja, oscura y angosta. El suelo era como de lodo que apestaba y repleto de alimañas. La entrada terminaba en una concavidad en una pared, como un nicho. Allí fui colocada a presión. Todo lo que vi era una delicia en comparación a lo que sentí en ese lugar.

Sentí un fuego en el alma que no sé explicar cómo es. Unos dolores corporales tan horrendos que no se pueden comparar con los que aquí tenemos, a pesar de haber soportado yo muy dolorosas enfermedades. Al mismo tiempo, vi que había de ser sin fin y sin ninguna interrupción.

Pero todo eso no es nada, absolutamente nada, en comparación a la agonía del alma; una angustia, una asfixia, una tristeza tan penetrante y atroz que no hay palabras para expresarla. Decir que es como si siempre nos estuvieran arrancando el corazón, es poco. Es como si el mismo corazón se deshiciera en pedazos sin término ni fin.

Yo no veía quién me producía los dolores, pero sí sentía los tormentos.

En ese nauseabundo lugar no hay modo de sentarse ni de recostarse. En el agujero en que estaba metida en la pared no había alivio alguno, pues hasta las mismas paredes, que son horrendas, aprietan y todo ahoga. No hay luz sino oscuras tinieblas.

Yo no entiendo cómo puede ser esto que, sin haber luz, todo lo que nos puede acongojar por la vista se ve.

El Señor me hizo un gran favor al mostrarme el lugar del cual me había librado por su misericordia. Pues una cosa es imaginarlo y otra cosa es verlo. La diferencia que existe entre los dolores de esta tierra y los tormentos del infierno es la misma diferencia que hay entre un dibujo y la realidad.

Quedé tan espantada que aunque ya pasaron seis años desde eso aun ahora, al escribirlo, me tiembla todo el cuerpo. Desde entonces todos los trabajos y dolores no me parecen nada. Por lo que vuelvo a decir que fue una de las mayores gracias que el Señor me hizo. Me sirvió para afrontar los dolores y contradicciones y para darle incesantes gracias a Dios del mal de que me libró.

Ahora todo me parece fácil en comparación de lo que allí padecí. Me asombro al recordar la cantidad de veces que había leído comentarios sobre las penas del infierno y no llegaba a entenderlas ni a temerlas. ¿Dónde estaba?, ¿cómo podía tomar como pasatiempo lo que me conduciría a tan horrible lugar? Bendito seas, Señor, por siempre. ¡Qué de veces, Señor, me libraste de cárcel tan tenebrosa y cómo volvía yo a meterme en ella contra tu querer!

También se me acrecentó el dolor por las almas que se condenan y aumentaron mis deseos de trabajar para evitar que la gente vaya a parar a ese lugar.

Si nos compadecemos de los enfermos y tratamos de aliviarlos en todo lo posible, ¿cómo vamos a quedarnos tranquilos viendo a muchas almas camino de un mal que no tiene ni alivio ni fin?

Ruego a Dios que no me deje de su mano pues ya he visto a dónde iré a parar. Que no lo permita el Señor por ser él quien es. Amén.

Proyectos de un nuevo convento

Después de haber recibido tantas gracias, yo pensaba qué podía hacer por el Señor.

Lo primero que se me ocurrió fue el tratar de cumplir las reglas del convento con la mayor perfección. Pero en donde estaba se permitía salir y, a mi parecer, tenía muchas comodidades por ser un convento grande y confortable.

En una conversación con una señora viuda se habló sobre la posibilidad de hacernos monjas descalzas (con reglas más rigurosas). Y como yo ya andaba con esos deseos, de inmediato comenzamos a hacer planes.

Pero, por otro lado, como yo estaba muy contenta en mi convento —porque era muy a mi gusto y mi celda parecía estar hecha a mi medida— todavía no me decidía. Terminamos la conversación resueltas a encomendar el asunto a Dios.

Un día, después de comulgar, me mandó el Señor que con todas mis fuerzas intentara formar el nuevo monasterio. Me dijo que él mismo lo establecería y que sería para gran utilidad suya. Que debería llamarse "San José"; una puerta la guardaría él y la otra Nuestra Señora. El nuevo monasterio sería una estrella de gran resplandor. Por último, me dijo el Señor que le comunicase todo eso a mi confesor, el cual no debería oponerse ni presentar objeciones.

La visión de Jesús y sus palabras fue muy clara y evidente. Pero comencé a dudar previendo todos los trabajos que me iba a costar y porque me daba mucha pena tener que dejar ese convento que tanto me gustaba.

Como fueron muchas las veces que el Señor me volvió a hablar, ya no dudé más de que esa fuera su voluntad.

Mi confesor, al saberlo, no se animó a decirme que dejara de lado mi proyecto aunque tenía sus dudas al respecto. Me aconsejó que lo tratara todo con el superior de quien dependía el convento donde yo estaba.

Cuando se supo públicamente lo que pretendíamos hacer, se levantó una gran oposición contra nosotras: para qué otro convento, todo era disparatado.

Fue tal la crítica, que recién después de un tiempo y después de haberse consultado a muchas personas, se nos autorizó a fundar el nuevo convento.

Fundación boicoteada

Se compró casa para el futuro convento en un buen lugar. Aunque era chica no me preocupaba, pues me había dicho el Señor que entrase como pudiese. Después, él mismo ya iba a proveer lo que fuera necesario.

Cuando llegó el día de hacer las escrituras de la compra de la casa, el superior cambió de opinión. Por el momento no se hizo nada, con lo cual se confirmó la opinión de la gente de que todo eso era disparate de mujeres.

En el monasterio en donde estaba se me miraba muy mal porque deseaba fundar un monasterio más estricto. Decían que con eso las ofendía puesto que allí mismo podía servir a Dios; que había otras monjas mejores que yo; que no tenía amor a las hermanas de hábito... Aunque había algunas pocas que estaban a mi favor.

Yo veía que muchas de sus críticas eran ciertas y les daba la razón, pero como no quería decirles lo principal —la orden de fundar recibida del Señor— no sabía qué responder y callaba.

Entonces aprendí la gran ventaja que trae el soportar trabajos y persecuciones por Cristo. Yo misma me asombraba de ver cómo crecía tanto, en pocos días, en el amor a Dios y otras muchas cosas. También el Señor me regalaba con mayores éxtasis.

La gente que se oponía a la fundación del nuevo convento hasta amenazó con llevarme ante la Inquisición. Lo cual me cayó en gracia y me hizo reír puesto que yo estaba dispuesta a morir mil muertes antes de contradecir algo de la fe, de la Iglesia o de la Sagrada Escritura.

Durante cinco o seis meses no dije ni una palabra del nuevo convento. Interiormente, sabía que se iba a hacer.

Y volvió el Señor a urgirme a que hablara otra vez acerca del nuevo convento.

Con muchos trabajos y muy en secreto se consiguió el dinero para comprar una casita, que cuando la vi me pareció demasiado pequeña. Pero Jesús me dijo: "Ya te dije que entres como puedas" y agregó: "¡Oh codicia del género humano que hasta piensas que te va a faltar tierra! ¡Cuántas veces dormí yo a descampado por no tener dónde meterme!".

Me quedé asombrada y me di cuenta de que tenía razón. Volví a ver la casita y, aunque era bien pequeña, encontré que estaba bien. Ya no procuré comprar más terreno para agrandarla.

¿Renta o pobreza?

Como yo deseaba seguir a Cristo pobre, quería que el nuevo convento no tuviera ninguna renta, que se sustentara solamente de limosnas. Como el Señor me había dado grandes deseos de pobreza, no dudaba de que eso sería lo mejor. Pero, por otro lado, temía que a las demás no les dieran esos mismos deseos y entonces vivirían descontentas.

Al pedirle consejo a mi confesor y a sacerdotes muy preparados, no encontré a casi nadie que opinara como yo. Me rebatían con tantos argumentos que no sabía qué hacer.

Casi me había convencido de que tuviera renta el futuro convento, pero al ir a hacer oración, al ver a Cristo tan pobre y desnudo en la cruz, no pude soportar la idea de tener dinero. Le supliqué al Señor que dispusiera las cosas de tal modo que yo fuese pobre como él.

Consulté por carta con un sacerdote muy letrado y me mandó varias páginas de respuesta tratando de disuadirme y dándome muchos argumentos en contra de mi idea. Yo le respondí que, en ese asunto, no me servían para nada las letras ni todos los estudios si me apartaban de seguir a Cristo pobre.

Estaba encomendando esto en la oración y el Señor me dijo que de ninguna manera dejase de hacerlo pobre, que él me ayudaría y me aseguró que a quien le servía no le faltaba lo necesario para vivir.

Poco después, el mismo Señor le hizo cambiar de parecer a aquel sacerdote que había escrito extensos argumentos para disuadirme.

Fundación del convento "San José"

Finalmente, el día de san Bartolomé del año 1562, quedó hecho nuestro monasterio del glorioso padre san José. Algunas jóvenes tomaron hábitos y se puso el Santísimo Sacramento.

Todo se hizo en el mayor secreto, pues todavía faltaban algunas formalidades y eran muchos los que se oponían.

Para mí fue como estar en la gloria cuando se puso el Santísimo Sacramento en la capilla del convento San José y el imponerle el velo a las jóvenes. Sentí una gran alegría al ver realizado lo que tanto me había encomendado el Señor. No porque me pareciese que se debía a mi esfuerzo, sino porque veía que lo había hecho el mismo Señor.

Y lo poco que yo hice, en esa fundación, fue tan imperfecto que antes se me debía culpar que agradecer. Sin embargo, me sentía feliz de que el Señor hubiera elegido un instrumento tan ruin, como yo, para una obra tan grande. Estaba como fuera de mí de la alegría que tenía.

Pero al cabo de tres o cuatro horas me asaltó el demonio: ¿había hecho bien en hacer aquello?, ¿no había procedido contra la obediencia?, ¿podrían vivir las nuevas monjas en una casa tan pequeña y pobre?, ¿para qué me había metido en eso si yo ya tenía monasterio? En ese momento se me había borrado de la memoria todo lo que el Señor me había dicho al respecto.

El tentador me sugería que yo no sería capaz de vivir en una casa tan estrecha, que con mis enfermedades no aguantaría ni sería posible hacer oración... Las tinieblas y la oscuridad invadieron mi corazón. En ese estado fui a la capilla y sin siquiera poder pensar me quedé delante del Santísimo Sacramento.

¡Oh, Dios mío, que vida tan miserable! No hay alegría duradera ni nada permanente. Un rato antes me encontraba radiante de alegría y ahora, por el mismo motivo, estoy tan atormentada que no sé qué hacer. ¡Qué poca importancia hay que darles a las alegrías y las tristezas de la vida!

Pero el Señor no dejó padecer mucho a su pobre servidora y, como siempre, me socorrió. Me dio algo de luz para ver que todos esos pensamientos provenían del maligno y que todo era mentira. Si tenía que servir al Señor, como yo misma me lo había propuesto, no tenía que andar buscando descanso.

Como todavía no tenía autorización para permanecer en el nuevo convento, tuve que volver a mi monasterio. Allí se me acusó de haber fundado el nuevo convento para llamar la atención. Además, si no había sido capaz de cumplir con mis reglas allí, ¿cómo pensaba cumplir reglas más rigurosas?

Después de muchísimos trabajos se me concedió permiso, el 22 de agosto de 1563, para quedarme definitivamente en el convento "San José". Fue grandísima mi alegría aquel día. Entraron más monjas y comenzó el Señor a transformar los corazones de los que nos habían criticado. Sin pedir limosna nosotras, el Señor mueve a la gente para que nos la dé; así vivimos sin que nos falte lo necesario y espero, en el Señor, será siempre igual.

Vida en el convento "San José"

Sentía un verdadero placer en vivir con almas tan desprendidas de todo. Su única preocupación era servir a Dios del mejor modo posible. Su mayor gusto era el silencio. Y solamente venían a visitarnos las que querían aprender a orar y servir a Dios.

Algunas veces, cuando comulgaba, se me mostraba el Señor presente en el Santísimo Sacramento; se me erizaban los cabellos y me sentía anonadada. ¡Oh, Señor mío!, si no encubrieras tu grandeza, ¿quién se animaría a acercarse a tan gran Señor siendo tan insignificantes como somos? Bendito seas, pues conociendo nuestra debilidad, así te ocultas en la hostia para que no nos asustemos ante tu grandeza.

Un día, al comulgar, vi dos demonios que rodeaban la garganta del pobre sacerdote y entendí que estaba en pecado mortal. Me sentí tan turbada que no sé cómo pude comulgar. El mismo Señor me dijo que rogase por ese sacerdote. Me había dejado ver aquello por una razón: para que entendiese la fuerza que tienen las palabras de la consagración, que él no dejaba de estar presente en la hostia, por más malo que fuera el sacerdote que celebra la misa, para bien de toda la gente.

Una vez estaba pidiendo con insistencia al Señor que le devolviera la vista a una persona que ya casi estaba ciega. Yo temía que el Señor, por causa de mis pecados, no me escuchara. Pero se me apareció y me mostró la llaga de su mano izquierda y con la derecha sacaba el clavo que en ella tenía metido. Me conmoví ante su dolor y me dijo que si él había pasado eso por mí, no dudase en ser escuchada.

El Señor me prometió que haría cualquier cosa que le pidiese, puesto que bien sabía que yo pediría conforme a su parecer. Me aseguró que le devolvería la vista a aquella persona y me dijo que no había cosa que yo le hubiera pedido que él no la hubiese cumplido mejor aun de lo que yo misma esperaba.

Creo que no habían pasado ocho días y el Señor le restableció la vista a aquella persona.

Una vez me enteré de que estaba en grave estado una persona. A mí me dio una pena enorme pues la quería mucho. Durante un mes no hacía más que rogar por ella. Y estando en oración, vi que se habían cumplido mis ruegos. Así fue, pues luego me enteré de que se había confesado con mucho arrepentimiento.

Muchas veces me ha sucedido eso de rogar por almas en pecado y luego el Señor las lleva al arrepentimiento. Y también el rezar por personas buenas para que el Señor las lleve a más santidad, en lo cual también me ha escuchado. Como también el rogar por almas que se encuentran en el purgatorio, para que las lleve pronto a su gloria y he visto que soy atendida.

Son tantas las veces que el Señor me ha hecho estos favores que el escribirlos sería interminable y cansaría a quien lo leyere. Lo que más me asombra es que cuando el Señor ve que no conviene no puedo, aunque quiera, suplicárselo. Me es imposible; en esas oportunidades me siento incapaz de rezar. Lo cual no ocurre cuando veo que puedo pedirle con mucha insistencia algo que se me concederá.

No importan los años de servicio

Es peligroso contar los años que se han tenido de oración como si mereciésemos algo por el tiempo transcurrido.

No quiero decir que Dios, en su momento, no le retribuya a cada uno según lo merezca. Lo malo está en sentirse merecedor de premio delante de Dios.

Ya en esta vida, las personas que hacen oración son favorecidas por Dios. Algunas reciben en poco tiempo lo que a otras se les demora más de veinte años. Lo importante es olvidar esos años de servicio a Dios, pues cuanto podemos hacer es nada en comparación a una sola gota de sangre de Cristo derramada por nosotros.

Por otro lado, cuanto más servimos a Dios, más deudores quedamos con él, pues ¡pagamos unas monedas de la deuda y para poder pagarlas nos endeudamos más!

Lo mejor es no sacar cuentas ni comparaciones, que siempre son malas aun en cosas de esta tierra, cuánto más en las que sólo Dios conoce.

¡Oh, Rey y Señor de todos los reyes!, ¡qué diferencia hay entre estos insignificantes reinados y el tuyo sin fin! Sólo con mirarte se ve que únicamente tú mereces el nombre de Señor. No necesitas comitivas ni solados para que se conozca que eres Rey. ¿Quién describirá tu grandeza y poder? Es imposible dejar de ver que eres Rey y Señor por ti mismo, sin ayuda de nadie. Y lo que más me asombra es que quieras mirar y tratar a una como yo.

Con razón me dijo una vez el Señor: "Mira, hija, que pierden los que están contra mí; no dejes de decírselo".

Carta de la santa a su confesor

He escrito lo que usted me mandó con la condición de que usted haga lo que me prometió: romper todo lo que encuentre mal.

Quizás algunas cosas están mal explicadas y oras relatadas dos veces, pues tuve tan poco tiempo que no pude releer lo que acabo de escribir.

Le suplico que me disculpe y le ruego que transcriba estas hojas, pues alguien sería capaz de reconocer mi letra.

Haga, usted, en todo, como mejor le parezca.

Que el Señor me conceda hacer siempre su voluntad y no permita que me pierda. Amén.

2. CAMINO DE PERFECCIÓN

Proemio

Santa Teresa, en su libro el Castillo Interior, *nos da una visión general del camino que nos va acercando a Cristo. La presente obra es un complemento del* Castillo Interior.

Aquí ya no se trata de una visión panorámica del camino. Es un libro de consulta para todo el camino. Nos señala el modo de proceder y la forma de ir dando cada uno de los pasos. No para que nosotros nos acerquemos al Señor, sino para que despejemos la senda y él pueda venir a hospedarse a nuestra casa.

El camino a allanar y despejar es nuestro propio corazón. El visitante que espera entrar en nuestra vida y nuestro corazón es Jesús.

Santa Teresa, como buena ama de casa, nos da una serie de recomendaciones para disponer nuestra propia casa para tal visita.

Inicialmente, estas breves páginas estuvieron destinadas a sus hermanas de convento. Pero de inmediato sus consejos rebasaron los límites del claustro y se extendieron por todos lados.

Como en el presente la situación se mantiene incambiada, ya que Jesús sigue esperando a la puerta de nuestra casa, puede que sea de utilidad la reedición actualizada de la obra de Santa Teresa.

EL ADAPTADOR

Introducción

A instancias de mis hermanas y otras personas, escribiré algunos consejos para la vida espiritual.

¿Qué orden de temas seguiré?

Iré escribiendo como el Señor me diere a entender y según me vaya acordando. En realidad, no puedo prever ningún orden porque no sé bien lo que diré.

No llevaré ningún orden pues ¿qué orden voy a seguir?, si ya es un desorden el solo hecho de que yo escriba sobre estas cosas.

Que el Señor ponga sus manos sobre todo lo que voy a escribir para que se ajuste a su santa voluntad. Esto es lo que siempre deseo, aunque en mi vida me aparto muchas veces de su divina voluntad.

Con la experiencia recogida en años, de mí misma y del trato con muchísimas personas, puede ser que lo que aquí diga aproveche para adelantar en el servicio del Señor.

Quizás hasta acierte más, en cosas menudas, que los letrados; estos, por tener otras ocupaciones importantes, no hacen tanto caso de pequeñeces.

Todo lo que diga es fruto de la experiencia, de la mía propia o de aquellas almas que he tratado.

Como ya dije y lo vuelvo a repetir: ¡que el Señor me asista y oriente todas mis palabras a su mayor gloria!

Pobreza

Estoy más tranquila cuando menos se tiene y siento pena cuando sobra mucho.

El Señor me ha dado a entender las ventajas que hay en la pobreza. Y también se dará cuenta de esto quien lo experimente.

La pobreza es magnífica y posee en sí misma todos los valores.

El pobre se convierte en señor de todas las cosas, pues no depende de ellas. En cambio, el rico es esclavo de todas las riquezas y bienes de la tierra.

El pobre no se afana por tener riquezas, ni tampoco se desvive por agradar a quienes tienen fortuna, pues no pretende sus bienes, ni tampoco busca su estima y respeto. Pues ¿sería verdaderamente pobre quien anduviera tras la aprobación, respeto y aplausos de la gente acaudalada?

A mi entender, fama y dinero casi siempre andan juntos. Cuando se busca ser conocido, no se aborrece el dinero. A la persona que sinceramente rechaza el dinero, poco le importa el ser tenido en poca estima de los demás.

Seamos sinceros con nosotros mismos. La fama y el reconocimiento siempre traen consigo algún interés pecuniario o alguna ventaja personal. Yo no conozco a nadie que sea muy famoso y sea pobre. Generalmente, se tiene en poco a la persona que es pobre.

El que busca la pobreza y se hace pobre por Dios, no necesita halagar a nadie. Busca agradar sólo a Dios. Y precisamente por no aprovecharse de nadie, por no pretender utilizar a nadie, es por esto que tiene muchos amigos. Personalmente he comprobado esta verdad.

Como hay muchos escritos sobre la pobreza y muy profundos, no me voy a extender más en este tema. Sólo anoté lo que he comprobado por experiencia.

Dos horas dura nuestra vida y el premio que nos espera no tiene fin. Y aunque no existiera premio, ya es bastante y muy grande el poder parecernos en algo al Señor.

La pobreza debería ser nuestra bandera, el distintivo de nuestra casa, vestidos y palabras, pero mucho más de nuestros pensamientos. Es la mejor defensa y protección de nuestra vida cristiana. Como decía santa Clara, "grandes muros son los de la pobreza".

Parece mal que tengamos grandes mansiones los que nos llamamos pobres. ¿Dónde está nuestro parecido con nuestro Dios, que no tuvo casa para nacer, ni tampoco la tuvo para morir? ¡Poca comodidad tuvo en Belén y menos en el Gólgota!

Sin embargo, no dejo de reconocer que, en algunos casos, sea indispensable un gran edificio.

Oración por el mundo

En este mundo son muchos los que abiertamente pretenden destruir toda idea de religión y se burlan de quienes pretenden seguir a Cristo.

Nuestras oraciones y súplicas, día a día, tienen que orientarse a la salvación del mundo. Pedir luz para quienes no la tienen. Salud para los enfermos. Que Dios no permita que se dañen a sí mismos por ir caminando a ciegas.

También con nuestras oraciones tenemos que ayudar a todos aquellos que se esfuerzan por difundir el Evangelio, con la palabra o con escritos.

Pero, ¿cómo vamos a rezar por gente que es mejor que nosotros? Cada uno cumple con su papel en la Iglesia; algunos en puestos muy altos y delicados y otros en sitios bajos y resguardados. La tranquilidad de los puestos bajos no es motivo para descansar sino que al contrario. Pasamos inadvertidos en la vida para poder ayudar más intensamente, con nuestras oraciones, a los que tienen que aguantar el embate de los tiempos. La lucha es muy grande y nadie está exento de caer.

Quizás no tenemos más santos porque no pedimos bastante a Dios para que envíe lumbreras a su Iglesia. ¡Y cuánto bien y provecho irradia una persona santa!

No es inútil esta perenne oración por todo el mundo. No hay mejor oración que la súplica a favor de los demás.

No desaprovechemos el tiempo que tenemos pidiendo por nuestros pequeños dolores o enfermedades. ¿Qué importa dejar de lado nuestras comodidades personales, si con nuestras insistentes oraciones podemos ayudar al verdadero bien de los otros?

Si Cristo no rogó por sí mismo en la cruz, ¿cómo vamos a pedir nosotros que cure nuestras enfermedades corporales?

Padre, ¡no me escuches si, por error, te pidiera dinero o fama, ni nada que tenga sabor mundano!

Pero ¡sí, escúchame, cuando te ruego por la salvación del mundo y el florecer de la Iglesia! No porque yo merezca ser atendida, sino por la vida y pasión de tu Hijo.

Padre, no olvides los azotes, injurias y tormentos que padeció tu Hijo Jesús, ¿cómo soportas que después de lo que padeció, se lo desconozca en tantas naciones, como ocurre en la actualidad?

Padre, disculpa mi atrevimiento de pedir en nombre de todos, siendo yo tan ruin. Pero siendo tú Dios de misericordia, te suplico mires mis deseos y no mis obras.

¡No permitas, Señor, más daños en la cristiandad,
ilumina, ya, estas tinieblas!

Base de apoyo de la oración

Diré algunas cosas muy necesarias para los que intentan llevar vida de oración. Son tan necesarias que es imposible seguir en el camino del Señor si se carece de ellas. Se engaña quien crea estar muy adelantado sin tenerlas.

¿Cuáles son esos elementos fundamentales para el camino de oración? Son sólo tres: amor a los otros, desprendimiento de todo y verdadera humildad. Esta última, aunque la puse al final, es el elemento principal y los abarca a todos.

Amor mutuo

Es muy importante pues no hay cosa enojosa que no se pase con facilidad cuando hay amor verdadero.

Si se guarda este amor, unos con otros, se guardarán con facilidad todos los otros mandamientos.

Lamentablemente nunca acabamos de observar enteramente este mandamiento del amor. Su incumplimiento trae consigo tantas faltas que ni se pueden imaginar.

Bajo falsas razones y todavía con argumentos aparentemente espirituales, se falta al amor con los otros, se suscitan enredos, se forman bandos de unos contra otros... y poco a poco nos vamos debilitando en el amor de Dios.

En el amor a los otros sucede que apreciamos a unos más que a otros, lo cual es natural. Pero no nos dejemos llevar por el aspecto exterior. Caeríamos en el extremo de amar sólo a las personas que nos resultan agradables y de buena presencia.

Tenemos que amar lo interior de los demás y no hacer caso de lo exterior. ¡No nos podemos dejar dominar por la simple atracción natural!

No podemos consentir en ser esclavos de nadie sino sólo de Aquel que nos compró con su propia sangre. Es algo de no creer lo que sucede cuando se descontrolan los afectos. Sin llegar a faltar gravemente contra los mandamientos, las niñerías que se hacen no tienen límite. Son tantas, que sólo el que las ve las entenderá y creerá. No hay por qué decirlas aquí.

Amor espiritual-amor sensual

Hay dos clases de amores: espiritual y sensual.

Con amor espiritual nos tenemos que amar unos a otros. Sin mezcla alguna de interés. El verdadero amor se empaña cuando intervienen nuestras debilidades, pasiones e intereses.

¡Son muy pocos los que llegan al puro amor espiritual!

Es un don de Dios que se le da al alma cuando le hace sentir y ver la profunda y verdadera realidad de todas las cosas. Es un regalo que Dios da en la oración a algunas personas.

Las personas que Dios lleva a ese estado de perfecto amor son almas generosas. No se detienen en querer la hermosura del cuerpo. Les parece que amar a otro por su aspecto exterior es lo mismo que amar a una sombra; y si amaran sombras no serían verdaderos seguidores de Cristo.

Los que llegan al amor perfecto se disgustan de que otros los amen. Porque no ven en sí mismos nada que sea de valor. Temen que los otros lo tomen por algo valioso, cuando en realidad no lo son. Sienten ser motivo de fraude para los otros.

Algunas veces pienso que es una gran ceguera querer que otros nos quieran.

Libertad del amor perfecto

La persona que ha recibido este don del amor perfecto se ríe de sí misma por los conflictos soportados en otro tiempo. De sus afanes interesados anteriores.

El verdadero amor busca el mayor bien para todos los que lo rodean. No le importa nada ser estimado o despreciado. Por lo único que le interesa ser apreciado es para poder ayudar a otras personas a encontrar a Cristo.

Quizás alguno piense que eso no es querer a los demás.

Pero está muy equivocado.

El amor perfecto ama con más intensidad y eficacia. Su mayor interés es dar, no el recibir, y se preocupa de hacer verdaderamente felices a sus amigos.

El amor perfecto es el único que merece el nombre de amor. Los otros afectos tienen sólo la apariencia y el nombre usurpado, pero en realidad no lo son.

El amor perfecto perdería mil vidas por lograr un pequeño bien del otro.

El verdadero amor se parece al que nos tuvo Jesús, abarca a todo el mundo y todas sus penas. Y su mayor sufrimiento es no poder ayudar a todos.

¿Cómo llegar al verdadero amor?

El verdadero amor no nace perfecto. Lo importante es comenzar a amar a los otros. Afligirse con sus penas, aunque nos parezcan leves a nosotros, pero puede ocurrir que para la propia persona sea algo muy duro. No juzguemos, de acuerdo a nuestro criterio, la profundidad de las penas de los otros.

Es bueno para saber condolerse con los demás el hacer memoria de los propios sufrimientos de tiempos pasados.

Y también es preciso alegrarse con los que se alegran. Aunque no sea a nuestro entero gusto.

Es amor también saber soportar calladamente las faltas de los otros. Y, cuando se presentan trabajos comunes, preferir tomar más para que los otros tengan menos fatiga.

No hay peor peste para el crecimiento del amor que la formación de bandos entre unos y otros. Se forman partidos-grupos y se destruye la paz y conformidad que debe reinar en una familia o comunidad humana.

Desprendimiento

En el desprendimiento está todo si es total y verdadero.

¿Por qué está todo en el desprendimiento?

Porque el desprendimiento es dejar todo para abrazarse a Dios. Es entregarse totalmente a él sin dividirse en partes.

Lo primero es no dejarse atar por compromisos familiares o de amistades que nos impidan volar. La convivencia agradable y los compromisos para reunirnos nos tienen asidos a una rutina de vida que cuesta romper. Si no recortamos y ubicamos en su debido lugar esos vínculos, es mentira decir que estamos verdaderamente desprendidos.

Desprendimiento de uno mismo

El peor ladrón lo tenemos dentro de casa. Somos nosotros mismos. Si no se anda con mucho cuidado, vigilando continuamente como si se tratara de un negocio de vida o muerte, nos será robada la libertad de espíritu para volar hacia Dios.

Un gran remedio para esto es recordar, muy de continuo, la caducidad de todo, la rapidez con que pasan todas las cosas. ¿Para qué poner nuestro afecto en lo que tan pronto se acaba?

Y al mismo tiempo que recordamos el valor relativo de todas las cosas, ayuda volver el pensamiento hacia el Dueño y Señor de todo.

Aquí puede entrar la verdadera humildad. Porque el desprendimiento y la humildad andan siempre juntas como dos hermanas inseparables. ¡Hermanas poderosas, señoras del mundo, libertadoras de todas las cadenas y enredos! Tan amadas del Maestro que nunca se las vio sin su compañía.

Estas hermanas inseparables no temen a nada ni a nadie, pues no les importa perderlo todo. Lo único que les preocupa es descontentar a Dios.

Su presencia suaviza y endulza los trabajos más ásperos y amargos.

Hermanas ocultas

Estas hermanas son muy tímidas y se ocultan de los ojos de la misma persona que acompañan. Hasta tal punto que la propia persona no se convence de que las lleva consigo.

La gente que trata y conversa con esa persona ve su acompañamiento, pero la dichosa alma que lleva en sí esas dos hermanas se afana y esfuerza por alcanzarlas.

Mirando bien lo que estoy escribiendo, me parece una locura ponerme a hablar de humildad y desprendimiento, cuando en realidad basta mirar la manera de proceder del Señor del universo, su vida y sus padecimientos.

¿Por dónde empezar?

¿Por dónde comenzar el desprendimiento de uno mismo?

Lo primero es quitarse de encima la preocupación de la propia salud. ¡Es algo sorprendente el excesivo cuidado que le prodigamos a nuestro cuerpo!

Es preciso ubicar cada cosa en su lugar. El objetivo de nuestra vida es servir a Cristo y para eso es conveniente mantener la salud y fuerzas corporales. Pero muchas veces sucede lo contrario, se cuida la salud y el físico como si fueran la meta de nuestra vida... y los días y los años transcurren en esos cuidados.

Si nos dejamos dominar por el temor de posibles enfermedades, nunca haremos nada.

También es buen camino para el desprendimiento de sí mismo no andar quejándose por pequeñas dolencias o dolores. Si se pude aguantar, es mejor callarse. Cuando el mal es serio, ya nos daremos cuenta.

Si no perdemos la costumbre de quejarnos de todo, nunca terminaremos. Nuestro cuerpo tiene este defecto, cuanto más se lo cuida, más miramientos exige. Es sorprendente cómo busca pasarla bien, engañando al pobre corazón para que no progrese.

Conviene recordar a los enfermos pobres que no tienen a quién quejarse. El pobre no puede dejar de trabajar aunque se encuentre enfermo. Tampoco le conviene quejarse, si la dolencia es leve, pues puede perder su trabajo o el aprecio de sus patrones. ¿Y no sabremos nosotros soportar calladamente los males que nos sobrevengan de la mano de Dios? ¿Nosotros que tantos pecados cometimos? Además, si lo pensamos bien, ¿qué ganamos con quejarnos?

Si no nos resolvemos, desde ahora, a aceptar la muerte o la falta de salud, nunca haremos nada.

No hay por qué temer la muerte. Lo mejor es abandonarse en las manos de Dios, venga lo que venga. ¿Qué importa si morimos ahora o un poco después?

Aunque parezca una tontería, esta sincera resolución es de mucha importancia. Si la repetimos muchas veces, el Señor nos ayudará a ser nosotros señores y dueños de nuestros cuerpos y no sus esclavos.

Todo tiene su importancia

Pasaré a otros temas que también son de importancia aunque parezcan insignificancias. En realidad, cada cosa tiene su propio peso y requiere esfuerzo, pues se trata de una guerra contra nosotros mismos. Pero una vez puestas las manos a la obra, el mismo Dios nos da una mano y lo que parecía difícil se vuelve fácil.

El punto estratégico de esta guerra, donde se juega el todo o gran parte, radica en dejar de lado el cuidado desmedido de nosotros mismos y nuestra insaciable sed de comodidad.

La vida de los amigos de Dios es un largo martirio. Largo en comparación a los que dieron su sangre en un instante por profesar su fe. Pero, por otro lado, es corto el martirio ya que nuestra vida es breve y nada ¡es muy corto el tiempo, casi nada los años que podemos entregarle a Dios!

Desprendimiento de la propia voluntad

Dentro de nosotros mismos hay algo que apreciamos más todavía que a nuestro propio cuerpo: ¡nuestra libertad!

¿No basta con lo que hemos hecho? ¿No es suficiente el ofrecimiento de nuestra salud, comodidades y de la vida misma?

Si quieres seguirme, dice el Maestro, deja todo lo que tienes y sígueme. Y ¿no tienes, acaso, la libertad? ¿No es la libertad nuestra posición más apreciada?

Cristo espera que le entreguemos nuestros quereres, nuestra voluntad. Entregarle la vida, la salud y comodidades es ofrecerle cosas, objetos. El Señor no se contenta con nuestras posesiones, nos quiere a nosotros. Quiere nuestro libre corazón.

Por lo tanto, es preciso desprenderse, en todo lo que sea posible, de la propia voluntad. Es una guerra sin pausa ni descanso.

Parece cruento no darse el gusto en nada. Pero ¡qué suavidad y placer trae consigo este despojarse de sí mismo! Aun en la presente vida se comienza a experimentar la alegría y la paz de la vida venidera.

Escondites de nuestro yo

Cuando no queremos renunciar a nuestra voluntad, nos engañamos a nosotros mismos. Por ejemplo, cuando realizamos trabajos en equipo y buscamos que los otros hagan lo que nosotros queremos, aducimos argumentos como: "Soy más antiguo en estas labores" o "Tengo más años" o "Tengo pocos años, pero tengo mucha experiencia"... o argumentos similares.

Cuando nos asaltan pensamientos de ese estilo, no hay que darles cabida ni por un instante. Peor mal sería preferirlos ante los demás.

Por experiencia puedo decir que cuando todavía existen preocupaciones por la propia honra, bienes o comodidades personales, es imposible adelantar en el camino de la oración.

El adelantamiento se verá en el progreso de la humildad. Si advertimos que buscamos la estima de los otros o que nos sentimos agraviados en alguna cosa, nos conviene recordar cómo eligió Cristo el lugar más bajo para beneficio nuestro. Es oportuno también rememorar el cúmulo de pecados cometidos a lo largo de toda nuestra vida y así somos más merecedores de castigos que de honras y fama.

Pero no basta considerar lo que uno merece por sus propias faltas; es conveniente también elegir y pedir trabajos sencillos y humildes. Los pequeños quehaceres cotidianos son una gran ayuda para derrocar el oculto afán de grandeza.

En esta materia hay que vigilar hasta las más pequeñas reacciones de nuestro corazón. Si descuidamos lo pequeño, por parecernos insignificante, seremos abatidos. Lo pequeño crece como espuma. No hay nada pequeño en lo referente a puntos de honra o agravios.

Falsas razones

La persona que quiere seguir perfectamente a Cristo debe evitar esas expresiones, tan comunes, tras las cuales solemos escudarnos: "Tenía razón" o "No había razón de hacerme esto"... ¡De malas razones nos libre Dios! ¿Acaso, hubo razones para que Cristo sufriera tantas injurias?

Que no se llame verdadero seguidor de Cristo quien quiere llevar una cruz muy razonable. ¿Acaso alguien puede decir que ya ha sufrido bastante por sus faltas?

Cambiemos nuestro modo de juzgar. Cuando nos traten bien, nos regalen o nos hagan alguna alabanza, pensemos que no hay ningún motivo para que nos traten de ese modo. Y cuando nos agravian o desprecian, pensemos que, en verdad, tienen motivos para tratarnos de tal modo.

Nos podemos preguntar: ¿somos seguidores de Cristo o no lo somos? El discípulo, si es verdadero, participa de las deshonras de su Maestro. Sería un disparate querer participar de su triunfo sin haber primero compartido sus trabajos y padecimientos.

No disculparse

Me da vergüenza dar los consejos que siguen pues yo misma apenas los cumplo. Siempre encuentro un motivo para disculparme. Como sucede que a veces necesariamente hay que disculparse, no tengo suficiente criterio —o mejor dicho humildad— para hacerlo cuando corresponde.

Porque verdaderamente es gran humildad el callarse cuando se es menospreciado o juzgado por algo que uno no hizo. De un modo similar al de Cristo que silenciosamente soportó las falsas acusaciones y afrentas.

Es conveniente poner mucho empeño en esto porque trae consigo grandes ganancias. Mientras que en lo contrario, en el continuamente disculparse, no hay ningún provecho.

Se necesita fortaleza, no corporal sino de arriba, para poder callar cuando se es acusado injustamente. Hay que pedirle al Señor verdadera humildad. El corazón humilde desea sinceramente ser tenido en poco y desea ser perseguido y condenado sin culpa, aun en cosas graves. Pues el verdadero humilde —al compararse con Jesús, que fue condenado sin culpa— ve claramente que personalmente merece todo eso y mucho más.

Estas son las grandes mortificaciones que yo desearía tomaran todos sin ningún peligro de dañarse la salud. Pues el exceso en las privaciones de alimento —o de algo semejante— nos puede perjudicar y requiere cierto equilibrio y moderación. Pero el privarse de dar disculpas ¡no quita la salud a nadie!

Para lograr esto, ayuda pensar que cuando nos culpan siempre somos, en el fondo, culpables. Si siete veces al día cae el hombre justo, sería mentira decir que no tenemos pecado. Así que, aunque no sea en lo mismo que nos culpan, nunca estamos enteramente sin culpa como estuvo Jesús.

Señor mío, cuando pienso en todo lo que padeciste sin haber cometido ninguna falta, ¡no sé qué decir de mí, ni dónde puse el seso cuando no quise padecer y sólo me preocupé de disculparme!

¡Ilumíname, Señor, para que viendo mi maldad, sinceramente desee que todos me aborrezcan, ya que tantas veces te dejé a ti por cuidarme y amarme a mí misma!

El Señor cuida de nosotros

Por más escondido que parezca el bien o el mal que hacemos, sin embargo, siempre se descubre. De la misma manera, aunque permanezcamos mudos ante las falsas acusaciones, no por eso quedaremos sin defensa. El mismo Señor responderá por nosotros, como lo hizo ante los fariseos cuando acusaban a sus discípulos de desgranar y comer trigo en día sábado.

No nos trata el Señor con el mismo rigor con que se trató a sí mismo. ¡Nadie salió en su defensa estando en la cruz!

Cuando se trata de falsas acusaciones contra nosotros, él mueve los corazones para que alguien nos defienda. Y cuando no ocurre eso, quiere decir que no es necesario.

Lo que acabo de decir lo he comprobado por experiencia. Pero preferiría casi no haberlo dicho. Lo que importa es alegrarse de ser reprendido sin motivo. Es muy grande el provecho que de esto nos viene. Se comienza a ganar libertad. Ya no se está atado por él ¿qué dirán los demás? Que digan bien o mal de nosotros será igual. Ni se nos ocurrirá qué contestar aunque nos injurien o acusen en nuestra propia cara.

Al principio es algo muy dificultoso. Pero me consta que, con la ayuda del Señor, se puede alcanzar esta negación y desprendimiento de nosotros mismos.

Juego de ajedrez

Hasta ahora estuvimos ordenando las diferentes piezas para la vida de oración. Se pueden asemejar a las piezas de un tablero de ajedrez. Se busca dar jaque al Rey del cielo para que se quede con nosotros. Y la pieza que más ayuda para dar jaque al Rey divino es la dama humildad. Fue esta dama humildad la que lo trajo del cielo a las entrañas de María Virgen. Y es con la dama humildad que lo traemos hasta nuestras almas.

Pero no puede haber humildad sin amor, ni amor sin humildad. Ni es posible que haya una persona rebosante de amor y humildad si al mismo tiempo no se encuentra desprendido de todo.

Oración

Quizás me quieran preguntar ¿para qué hablar de desprendimiento, humildad, negación de sí mismo? Porque lo que interesa es acercarnos a Cristo, avanzar en el camino de la oración y llegar hasta la contemplación.

Si alguien quiere saber el camino para llegar a la contemplación, puede estar seguro de que no hay otro que el indicado. Todo lo que dije y diré más adelante parece de poco valor, pero sin embargo, no deja de tener mucha importancia.

Para llegar a la oración de contemplación se requieren todas las piezas del tablero. Todas tienen su función y todas sirven para dar jaque y mate al gran Rey.

Pero no lleva Dios a todas las personas por el mismo camino. Algunas permanecen toda la vida sin llegar a la contemplación. Él sabe lo que le conviene a cada uno.

Contemplación

Una cosa es rezar meditando sobre la vida de Cristo o los propios pecados y otra cosa es contemplación.

Hay personas que ni siquiera pueden meditar porque se les va el pensamiento para todos lados. Su oración es vocal.

No significa esto que estén más atrás en el camino del Señor. Ni tampoco el tener muchos regalos de Dios en la oración es señal de que nos encontramos más cerca de él.

La medida verdadera de nuestra proximidad a Dios es la dama humildad.

El humilde se contenta con lo que le toca: si se trata de servir, sirve; si le toca trabajar fuerte, lo hace y si le dan regalos (contemplación) con admiración y agradecimiento los recibe, aunque piensa que no le corresponden. Todas sus acciones y pensamientos le parecen insignificantes para tan gran Señor.

Para ver qué actividad y cuál forma de oración nos es más apropiada para llegar a Dios, hay que probarlas todas. El Señor nos hará sentir lo que nos conviene y lo que le conviene a él.

No le atemos las manos al Señor de la casa —Señor de nuestra alma—, él es sabio y entiende lo que nos conviene. A cada uno le da el bolso adecuado para sus fuerzas. A unos les da regalos y a otros los trata como personas mayores y fuertes, les da cruz sin los gustos de la oración de contemplación. Son determinaciones suyas y no tenemos por qué entrometernos en ellas.

Cruz para la contemplación

Lo dicho en el párrafo anterior no es del todo exacto. Por el trato con muchas personas, a sabiendas puedo decir que son intolerables los trabajos que Dios proporciona a los contemplativos. Si no fuera por los gustosos regalos espirituales que reciben, no resistirían los sufrimientos.

Dios da grandes trabajos a sus preferidos. Reparte entre sus más íntimos amigos el aplastante peso del Calvario.

Parecería que Dios emborracha con sus gustos espirituales —no con vino— a sus amigos para que no entiendan los sufrimientos que les sobrevienen y los puedan soportar. O dicho de otra manera, no son verdaderos contemplativos, aunque digan lo contrario, los que no están íntimamente decididos a padecer.

Retomando el hilo de nuestro tema, cada uno tiene que hacer diariamente la oración que más se acomode a su modalidad: oración mental, oración vocal, lectura-oración o coloquios con Dios. No hay que dejar de hacerla. No se sabe cuándo nos llamará el Señor a contemplación, si acaso eso quiere de nosotros.

Oración mental o meditación

Hay muchos libros escritos sobre esta materia, el modo de hacer meditación y su desarrollo. Como están tan bien redactados, por reconocidos autores, se equivocaría quien los dejara de lado por atender estas líneas que estoy escribiendo sobre la meditación.

Van por buen camino los que ya conocen y practican esta forma de oración.

Es un buen camino para la gente que puede rezar de ese modo. Es apropiado para mantener ocupado el entendimiento. Se adelanta con paz y seguridad, con la ayuda de la reflexión.

Pero hay muchas almas y entendimientos que se parecen a caballos desbocados que nadie puede detener. Son incapaces de concentrarse por mucho rato.

Se parecen a uno que tiene mucha sed que al ver una fuente a lo lejos, al querer acercarse para beber, encuentra el paso cerrado.

Invitados a la fuente

A todos nos invita a beber de la fuente de agua viva. Todos beberán de esas aguas, a no ser que se queden por el camino.

El Señor no nos obliga a beber. Nos invita y nos da, muchas veces, una muestra anticipada de esa agua. Son como muestras gratuitas para que nos entusiasmemos a seguirlo.

De esa fuente caudalosa salen arroyos grandes y pequeños y hasta charquitos para niños.

Para algunos son suficientes los charquitos para empezar. Son los que recién comienzan a seguir a Cristo. Hay la cantidad adecuada de agua para cada uno. No hay peligro de morirse de sed en este camino. Nunca nos faltará el agua del consuelo espiritual que nos reconforte para proseguir el árido camino.

Al experimentar las atenciones del Señor —antes de llegar al término del camino ya nos sale al encuentro— se reafirma nuestra decisión de llegar hasta lo último, cueste lo que cueste.

Camino de la oración

¿Cómo llegar a beber de esa agua de vida?

No hay otro camino que el de la oración.

Lo primero y más importante es determinarse a no parar hasta llegar al fin. Decidirse a caminar contra viento y marea, pase lo que pase, aunque muera en el camino.

El que comienza el camino de oración tendrá que aguantar comentarios adversos e irónicos. Hasta le advertirán que se mete por un camino peligroso. Que basta con rezar el Padrenuestro y el Avemaría.

En esto último tienen razón. Lo que sucede es que somos tan débiles y tibios que necesitamos ayudarnos de otras oraciones y libros.

En lo personal, la lectura del Evangelio me ayudó más que la de cualquier otro libro.

En lo que respecta a lecturas, cada uno tiene que ver lo que más le conviene. Puede ocurrir que con muchos libros se nos pierda la devoción. En cambio, cuando el mismo Maestro enseña algo, procura hacer gustosa su enseñanza y facilita el aprendizaje.

En términos generales, quizás la oración mental y la oración vocal no sean para todo el mundo. Pero para el que quiere avanzar son necesarias las dos formas: mental y vocal.

Oración mental-vocal

¿A qué llamamos oración mental? ¿Acaso le decimos "mental" al rezo con los labios cerrados? No está ahí la diferencia.

En verdad, podemos decir que ambas formas de oración se dan juntas cuando una persona pronuncia el Padrenuestro pensando en lo que dice y atiende a Dios, a quien se dirige.

Pero no podemos decir lo mismo cuando se recita el Padrenuestro y se tiene la mente divagando por todo el mundo.

Me parece que hasta es falta de educación —aun en la relación y conversación con otras personas— el hablar sin pensar en lo que se está diciendo. Y cuando se habla con alguien de cierta jerarquía, se lo trata como corresponde, no perdiendo de vista la debida subordinación ni en las palabras ni en el modo de decirlas.

Si así procedemos en nuestra vida cotidiana, ¿no es intolerable que no hagamos lo mismo con el Señor del universo?

Preparación

Me parece muy importante que antes de hacer una oración vocal —el rosario, los salmos— dediquemos unos momentos a considerar a quién vamos a hablar, quiénes somos nosotros y qué vamos a decirle o pedir.

De este modo, nuestra oración vocal será mental.

Es mental porque nuestra mente está en lo que hacemos. Y es vocal porque utilizamos los vocablos, las palabras, proferidas por el Maestro u otras personas.

Hay que aclarar que nuestro humilde Maestro escucha a cualquiera que le hable con sinceridad, aunque no sepa expresarse bien y no llegue a darse entera cuenta de los respetos debidos. En realidad, prefiere las entrecortadas palabras de un humilde obrero, más que los elegantes razonamientos de los sabios y letrados carentes de humildad.

Pero no porque él sea bueno y tolerante nosotros vamos a ser descomedidos.

Para preparar la oración vocal hay que considerar lo que somos. Pero para darnos entera cuenta de lo que somos tenemos que considerar la grandeza de Dios. ¡Ojalá tuviera toda la elocuencia y sabiduría del mundo para dar a entender alguna de las muchas cosas que podemos considerar para conocer algo de quién es este Señor y Bien nuestro!

En mil vidas de las nuestras no acabaremos de entender cómo merece ser tratado este

Señor. Ante su presencia hasta los ángeles tiemblan. Todo lo ordena y todo lo puede. Su querer es viva realidad.

Si en la vida cotidiana se trata de complacer a las personas que uno estima y aprecia, se piensa de antemano en los regalos que se harán, ¿por qué no hacer lo mismo y, con mucha mayor razón, los que queremos seguir hasta la muerte a Cristo?

Ya el reflexionar sobre estos temas es hacer oración mental. Y también el rezar vocalmente, ocupando la mente en todo lo que hemos dicho. Pero, vuelvo a repetir, no es oración mental —ni es oración ninguna— el estar recitando oraciones con el pensamiento puesto en otro lado.

Importancia de no retroceder

Aunque ya lo dije, lo vuelvo a decir. Es de vital importancia la firmeza de nuestra determinación en mantenernos en el camino de oración.

No podemos jugar con el Señor. Si nos determinamos a hacer oración, media hora cada día, no demos marcha atrás. Pues, ¿quién regala algo y luego lo quita? Ni entre nosotros nos comportamos de ese modo.

Si consideramos bien todo el trajinar de la vida, es apenas un poquito de tiempo el que entregamos, cada día, a Dios en la oración. Ya que es tan breve conviene que sea ofrecido con total determinación, de todo corazón y libre de interferencias.

Aunque la actividad de nuestra vida nos desborde y aunque la sequedad interna se vuelva insoportable, no retomemos para nosotros el tiempo —la media hora de oración— ofrendado a Dios.

Lo que no significa que, algunas veces, dejemos la oración por ocupaciones urgentes o por alguna otra causa. Esto no modifica nuestra determinación y Dios no mira menudencias. Es generoso en tomarnos cuentas y fácil en perdonar. En cambio, para pagarnos es tan cuidadoso que no deja de premiar ni un instante de nuestro tiempo dedicado a él.

Oración vocal

¿Cómo pueden rezar los que no pueden concentrarse ni permanecer mucho rato en oración mental?

Quien no puede rezar mentalmente rezará vocalmente.

Pero cuando rezamos vocalmente no nos contentemos con sólo pronunciar las palabras.

Cuando recito el Credo, parece razonable que entienda y sepa lo que creo. Y cuando repito el Padrenuestro, será acto de amor entender quién es este Padre y quién es el Maestro que nos enseñó esta oración.

Este mismo Maestro nos dijo que rezáramos a solas y así lo hacía él siempre que oraba. Pues no es posible hablar con Dios y con el mundo al mismo tiempo. No se puede rezar y escuchar conversaciones o, lo que es lo mismo, con el pensamiento por otro lado.

Aunque puede suceder, en ciertas circunstancias o enfermedades, que por más que uno quiera no se puede fijar el pensamiento en lo que se dice. En esas condiciones hay que rezar como se pueda; o quizás sería mejor dejar de rezar —por un breve tiempo— para dar alivio al alma.

A solas

Para rezar tenemos que estar a solas, para que entendamos con quién estamos y prestemos atención a las respuestas del Señor. Aunque no lo oímos, él no se queda callado ante nuestras peticiones. Habla al corazón cuando le pedimos de corazón.

Y cuando rezamos el Padrenuestro, hagamos de cuenta que personalmente Cristo nos lo enseña y nos lo sigue enseñando interiormente. Pues este Maestro nunca deja solos a sus discípulos.

Imposible fijar límites

Se me puede objetar que la oración vocal deja de ser tal cuando se hacen esas consideraciones que acabo de escribir. Sí, es cierto, lo dicho es oración mental. Pero no sé cómo separarlas si queremos rezar bien vocalmente.

Lo que acabo de decir es, a mi entender, el mejor medio para fijar el pensamiento en Aquel a quien dirijo mis palabras. Aunque parezca algo dificultoso, no creo que haya otra forma de hacer bien la oración vocal. Con paciencia hay que tratar de convertir en costumbre esta forma de comenzar la oración vocal.

Oración vocal: camino de contemplación

La oración vocal es muy valiosa a los ojos de Dios cuando se hace bien. Ha sucedido que rezando el Padrenuestro, u otra oración, el Señor levante el alma a la contemplación perfecta. Es la manera que tiene el Señor de mostrar que oye nuestros rezos. Detiene el pensamiento, la imaginación y hasta la palabra que aunque se quiere hablar no se puede.

Se da cuenta el alma de que sin ruido de palabras le está enseñando el Maestro y de que por eso le suspende sus capacidades anímicas, que en estas circunstancias serían más estorbo que ayuda.

El alma arde en amor a Dios, sin entender cómo sucede. El gozo espiritual es muy grande sin saber cómo ocurre. Lo que ciertamente comprende es que todo eso proviene de Dios y que supera todos nuestros esfuerzos y trabajos.

Esta es contemplación perfecta. Es un don de Dios. Durante la contemplación es Dios el que actúa y no nosotros.

Vigilancia de la conciencia

Retornando a la oración vocal. Lo primero es examinar la propia conciencia, para lo cual ayuda imaginar al Señor junto a nosotros.

Aunque aparentemente parezca una ficción, en realidad, él está junto a nosotros ansioso por enseñarnos.

La verdad supera en mucho la ficción que nos podamos crear del divino Maestro junto a nosotros.

Este recurso aparentemente fantasioso pero real, se lo recomiendo a todos, pero en especial a los que les cuesta mucho la reflexión y la concentración. Vuelvo a insistir: hagan la prueba de aplicarlo y acostúmbrese a utilizarlo. No es difícil y sé que se puede hacer puesto que yo misma lo puse en práctica.

Oración continua - presencia de Dios

Teniendo a Cristo junto a nosotros, como señalé recién, no son necesarios prolongados razonamientos. Basta que lo miremos aunque sea un instante. El echarle una mirada a Jesús durante las diarias ocupaciones no nos impedirá realizar bien nuestras tareas. Él está aguardando que lo miremos. Tanto espera que nos acordemos de él que hasta se dejó crucificar para atraernos hacia sí.

Cuando estamos alegres y contentos, podemos verlo resucitado triunfante y victorioso.

Y si estamos agobiados de trabajos y tristes, miremos a Cristo camino del huerto de los Olivos, oprimido por la aflicción. O también atado a la columna, golpeado, abandonado en la cruz.

Y si además de mirarlo nos sentimos inspirados para dirigirle la palabra, no dejemos de hacerlo. No le digamos oraciones escritas por otras personas. Hablemos con él, en ese momento, con las palabras que nos salgan de dentro, con el corazón en la mano, que es algo que le agrada mucho. Podemos decirle: ¿Cómo es posible que los ángeles te dejen abandonado en la cruz y el Padre también? Tú lo quieres así, Jesús, para sufrir por mí, ¡y yo, por tan poca cosa me quejo! Acepto, Señor, este trabajo y todos los que me vengan. Quiero seguir por el mismo camino que tú hiciste.

Puede servir para acordarnos de la presencia continua del Señor a nuestro lado, tener una imagen de él en la pared, en la habitación o lugar de trabajo.

Lectura

Otro gran medio para unir nuestra mente y nuestro corazón a Dios es la lectura de un buen libro.

Sirve para acostumbrar nuestro corazón al trato con Dios.

Es una forma de ir sosegando nuestros inquietos pensamientos para poder rezar bien vocalmente.

Hay que vencer una dificultad puesta por nosotros mismos. Durante mucho tiempo, durante años, permitimos vagar a nuestros pensamientos e imaginaciones por todos lados. Si queremos que nuestro pensar vuelva a su propia casa, se requiere mucho tacto y paciencia. Nuestra meta consiste en poder fijar nuestros pensamientos y nuestro corazón en Dios.

Lo que no se logra en un día, poquito a poco se alcanza.

El Padrenuestro

Cuando rezamos el Padrenuestro podemos ir considerando cada una de sus peticiones.

"Padre nuestro que estás en el cielo." Señor mío, ¿cómo das tanto desde la primera palabra? Te rebajas hasta el extremo de hacerte hermano nuestro en la petición. Al enseñarnos que lo llamemos "Padre" nos conviertes en hijos.

Si es Padre, nos soportará por graves que sean nuestras ofensas. Si volvemos a él, como el hijo pródigo, nos perdonará. Y, como buen Padre, no sólo nos perdonará, sino que además nos confortará en nuestros trabajos pues es el mejor de los padres.

"Que estás en el cielo"

Sabemos que Dios está en todas partes. Y en donde está él están todos sus acompañantes (todos los ángeles y santos). Pero ¿dónde está él?

San Agustín dice que lo buscaba por muchas partes y que ¡al fin lo encontró dentro de sí mismo!

Es reconfortante saber que no tenemos que ir lejos ni hablar a los gritos para que nos escuche. Basta hacer silencio y mirarlo dentro de sí mismo y hablarle como a Padre. Él ya nos enseñará lo que deberemos hacer para contentarle.

Es como si tuviéramos un precioso palacio dentro de nosotros mismos. Y que en este palacio vive el poderoso Soberano que es nuestro Padre.

A primera vista parece una simple fantasía. Sin embargo, él está en nuestro corazón.

Hay alguien dentro de nosotros que no vemos desde fuera. ¡No estamos vacíos! Si pusiéramos algo de atención en el Rey que está dentro de nosotros, no andaríamos tan desparramados en las cosas exteriores.

Lamento haber pasado tanto tiempo sin atender al Señor del universo presente en mi alma. Conocía y sabía que él está en todo lugar y que estaba en mí. Sin embargo, viví, mucho tiempo, atendiendo a las cosas pasajeras, sin apenas fijarme en el Dueño y Señor de todas las cosas, presente dentro de mí.

Es algo sorprendente cómo él —que sostiene mil mundos— se encierra dentro de nosotros por amor. Y, para evitarnos sobresaltos, no se da a conocer bruscamente. Va preparando nuestro interior a su medida; nos va ensanchando poco a poco el corazón.

Hay algo más sorprendente todavía. ¡El Señor de todo, dueño de nuestra vida, no modifica nada dentro de nosotros mismos si no se lo permitimos! Espera que le entreguemos nuestra libre voluntad y todo lo que somos.

Como es muy poco lo que tenemos, es importante que le entreguemos con firme decisión esas pequeñeces que poseemos: deseos, inquietudes, anhelos de complacerlo en todo.

Él puede sacar un mundo de la nada. No le falta poder para transformar nuestro estrecho y mezquino corazón. Sólo una cosa lo detiene. Como es tan respetuoso toma solamente lo que le damos. No entra a tratar familiarmente, como un amigo íntimo, hasta que no le dejemos absolutamente todo en sus manos.

Su presencia en nosotros viene acompañada de toda su comitiva que de continuo lo rodea y asiste.

Esfuerzo valioso

Vale la pena esforzarse en atender a Dios dentro de nosotros. Aun cuando estamos tratando con otras personas, acordarnos un instante de que él está ahí.

Si hablamos con alguien, tener presente que hay otro que nos habla dentro.

Si trabajamos, mirar cómo trabaja él en nuestro interior.

La persona conocedora de esta presencia sin igual se apena de haberla dejado sin atender por un largo tiempo.

Todo comienzo es dificultoso. Nada se aprende sin trabajo. También es trabajoso el habituarnos a la continua presencia de Dios en nuestro corazón. Pero en un año, o quizás en medio, saldremos adelante con el favor de Dios.

Bien mirado, es muy poco tiempo para la facilidad que se logra en nuestro trato con Dios y hasta puede servir de punto de apoyo para que nos levante a grandes cosas.

"Santificado sea tu nombre"

Prosiguiendo en lo comenzado, ¿no bastaba decir: danos Padre lo que nos conviene, ya que él lo sabe todo?

Una sola palabra bastaba entre el Hijo y el Padre pero para nosotros no es suficiente. Si el Maestro no encarrila nuestras peticiones, pediríamos cualquier disparate. Y, por otro lado, nunca estaríamos del todo conformes con sus dones.

Para evitarnos malentendidos y confusiones, nos indica con claridad lo que debemos pedir y desear.

"Santificado sea tu nombre, venga tu Reino." El Maestro sabía que no podíamos santificar, ni engrandecer al Padre eterno con nuestras débiles fuerzas. Por lo tanto, une esta petición con la solicitud del Reino.

Al pedir la venida del reino de Dios queremos que predomine en nosotros la alegría, la paz y la sed de complacerlo. Le pedimos que la ley del amor prevalezca.

Parecen cosas imposibles, pero si él nos enseña a pedirlas quiere decir que son posibles.

Comentando esta petición del Padrenuestro, pido perdón por una interrupción que voy a hacer sobre la oración de quietud o contemplación. Se me puede objetar que no viene al caso, puesto que estoy tratando de oración vocal. A lo que contesto que conozco a muchas personas que, rezando vocalmente, son llevadas a alta contemplación.

Oración de contemplación

Conozco a una persona que solamente podía tener oración vocal. Y si no rezaba de este modo se distraía de tal manera que no podía fijar el pensamiento en lo que quería.

Esa persona, algunas veces, insumía mucho tiempo en rezar el Padrenuestro. Y vino una vez a decirme que estaba muy preocupada porque no sabía hacer oración mental y sólo era capaz de rezar vocalmente. Al preguntarle cómo la hacía, me di cuenta de que el Señor, por ese camino, la había levantado a pura contemplación. Por otro lado, su vida era una confirmación de lo unida que estaba con Dios. Le di gracias al Señor y tuve envidia de su oración.

Por lo tanto, las oraciones vocales, rezadas como se han de rezar, pueden llevarnos a la contemplación.

Sobre nuestras fuerzas

En la oración de contemplación o de quietud, Dios nos comienza a dar su Reino para que mejor santifiquemos su nombre y trabajemos mejor en propagarlo.

Como es algo sobrenatural, por más que nos esforcemos no la podemos lograr nosotros mismos. Es el propio Dios que nos comunica su paz con su presencia. El alma entiende que ya está junto al Señor y con un poquito más, llegará a estar unida con él.

Esto se percibe con claridad, pero sin llegar a comprenderlo enteramente. Se intuye pero sin entenderlo plenamente. Se experimenta sin llegar a verlo.

El propio cuerpo participa del gozo, alegría y paz del alma. De buena gana se diría con san Pedro: "Señor, hagamos aquí tres carpas", cuando lo vio resplandeciente y lleno de gloria.

Como no está en nuestra mano este grado de comunicación con Dios, lo más que podemos hacer —cuando Dios lo da— es agradecer. No con muchas palabras. Basta con levantar los ojos como el publicano.

Ayuda el procurarse algo más de soledad para dejarle las manos libres al Señor. Y también ayuda decir alguna palabra, de tanto en tanto, cuando se nota que el fuego se apaga, para reencenderlo. Pero no sirven de nada cuando está ardiendo bien.

Lo que sigue puede servir para los que Dios trajo hasta aquí. A los que no tienen experiencia les resultará muy oscuro.

Estando en oración de quietud —que todavía no es unión total con Dios— se siente que la voluntad está con él, pero la inteligencia parece un loco que va de un lado para otro. Es inútil forzarla a quedarse quieta y sosegada. Perderíamos la paz y alegría que nos trae el Señor en esos momentos.

Como a niños recién nacidos, nos da Dios el alimento en la boca. Sin el esfuerzo del entendimiento se nos da él mismo. En esos momentos nuestra voluntad, nuestro corazón sienten una satisfacción que supera y desborda todos los límites.

Anticipo del Reino

Cuando se está en oración de quietud, parece que se alcanzó lo que se pedía: "Venga tu Reino".

No significa esto que quienes tienen esta oración —regalo de Dios— se encuentren desprendidos interiormente de todo. ¡Ojalá todo! De lo contrario se estancarán, cuando precisamente lo que Dios quiere es que sigan mucho más adelante. Pues si no, ¿para qué le dio al alma esos bocadillos del Reino?

Si Dios ve que colocándonos en el Reino del Cielo retornamos a la tierra, dejará de mostrarnos sus secretos favores.

Quizás me equivoque en esto último que escribí, sin embargo, la experiencia en el trato con muchas personas parece darme la razón. Creo que por esto no hay muchas almas verdaderamente unidas a Cristo, a pesar de que muchos son los llamados. Al ver que no le correspondemos, se retira parcialmente de nosotros.

Hay otra clase de personas —y a mí también me sucedió— que reciben esos gustosos anticipos del Reino sin darse cuenta, sin percatarse del hecho.

¿Cómo puede ocurrir esto? ¿Cómo pueden pasar inadvertidos esos regalos del Señor? La dificultad está en que esas personas hablan y hablan (interiormente) y dicen tantas oraciones vocales, a toda prisa, que es imposible que entiendan lo que Dios les está tratando de decir. Con sus rezos piensan que están haciendo lo mejor... y no sienten ni oyen los llamados de Dios.

Hay que estar alerta, como el servidor que no sabe ni el día ni la hora de regreso de su amo.

Se hace mucho más con una palabra, de tanto en tanto, del Padrenuestro, que con decirlo muchas veces a todo correr. El Señor está junto a nosotros y no nos deja de oír. Y cuando él nos introduce, aunque sea en parte, en su Reino parece que nuestra oración se transforma y ¡que nunca antes habíamos rezado! Antes parecía que hablábamos a solas. Ahora sentimos que somos escuchados.

"Hágase tu voluntad en la tierra como en el cielo"

Después de considerar las grandes peticiones que abarcan en sí todas las cosas que podemos desear, nos enseña el Maestro lo que tenemos que ofrecer al Padre.

Cuando decimos: "Hágase tu voluntad", le ofrecemos todo lo que somos y tenemos. Hágase tu voluntad en esta tierra de mi corazón.

Solamente nos es posible cumplir este ofrecimiento de nuestra voluntad porque previamente pedimos la venida de su Reino hasta nosotros.

En realidad, la voluntad de Dios se cumple quieras o no. En el cielo y en la tierra se hace siempre su voluntad. Por lo tanto, lo mejor es hacer de la necesidad virtud, entregándole libremente nuestros deseos de cada instante, de cada día y de toda nuestra vida.

Parece fácil decir que entregamos nuestra libre voluntad, pero no hay nada más arduo y trabajoso cuando se lleva hasta las últimas consecuencias. Además, el Señor sabe hasta dónde puede cada uno y a los más aguantadores los lleva hasta el extremo.

En Jesús tenemos una muestra de lo que significa entregar la propia voluntad en manos del Padre. Su alimento era cumplir la voluntad del Padre que lo envió. No se resistió cuando lo encarcelaron, abofetearon, azotaron y crucificaron, por cumplir la voluntad del Padre hasta lo último.

Dar de verdad

No procedamos como las personas que dan un obsequio y luego lo quitan o lo retacean. Si ponemos nuestra libertad en manos de Dios, no la retomemos por nuestra cuenta.

En el primer momento somos generosos y después ¡recortamos aquello mismo que hemos entregado! Quizás hubiera sido mejor no hacer las cosas tan precipitadamente.

Todo lo escrito en estas páginas va orientado a este punto: darnos enteramente a Dios, poniendo nuestra libre voluntad en sus manos y para lo cual es preciso desprenderse (despegarse) de todo.

¡Hágase en mí tu voluntad!, de todos los modos y maneras que tú quieras. Si es con grandes trabajos, dame tu ayuda y los soportaré. Lo mismo si es con persecuciones, enfermedades, difamación y suma pobreza. Aquí estoy, no retrocederé. ¡Utilízame para lo que tú quieras!

La otra cara de nuestra entrega

Esta entrega total a Dios tiene un poder extraordinario. El Todopoderoso nos une a sí mismo, nos transforma. Ocurre algo maravilloso, la unión del todo con la nada.

Nuestro Maestro, al enseñarnos a decir "hágase tu voluntad", nos mostró la manera de conquistarle el corazón al Padre. Es el obsequio más agradable que le podemos ofrecer.

Y en la medida en que cumplimos con lo que ofrecemos, más y más nos une el Señor a sí mismo. Se cambian los papeles: es Cristo el que regala y regala al alma. Y a tanto llega su amor que ¡llega a dar su propia voluntad!

Sí, el Todopoderoso se somete a los deseos de la persona que se le entregó en alma y vida. Dios hace lo que le pida, ya que esa persona hace lo que él le manda. Con la diferencia de que él puede hacer todo, absolutamente todo, cuanto le pidamos.

No se llega hasta esta cumbre con las propias fuerzas. Es inútil y perjudicial el intentarlo. Con simplicidad y humildad digamos "hágase tu voluntad" y quizás de este modo venga en nuestra ayuda.

"Danos hoy nuestro pan de cada día"

Como Jesús entendió que era muy dificultoso el "hágase tu voluntad", buscó un medio admirable para que pudiéramos cumplir lo que ofrecemos.

Se queda Cristo en el Santísimo Sacramento para ayudarnos, animarnos y sustentarnos. Con este apoyo se hace verdadero el ofrecimiento que le hacemos a Dios: "hágase tu voluntad".

A toda la humanidad le dio este pan sacratísimo para darnos fuerza y ánimo en el camino. Todos los trabajos y persecuciones se pueden soportar si gustamos de este manjar.

Le pedimos que nos dé el "nuestro pan" que Cristo nos conquistó y que nunca nos falte.

Del otro pan, necesario para el cuerpo, no nos preocupemos. Si trabajamos como corresponde, no nos faltará. Pues si estamos entregados totalmente a Dios y nuestra principal preocupación es hacer su voluntad, ¿no será ofensivo el temer que nos falte el sustento corporal?

Cuando Jesús caminaba por el mundo bastaba tocar sus ropas para quedar curado; ¿qué no hará entrando dentro de nosotros mismos?

Algunos hubieran preferido que se quedara resplandeciente y lleno de poder en el Santísimo Sacramento. Pero, ¿qué pecador, como en mi caso personal, se hubiera atrevido a acercarse a él? Debajo de pan es fácil su trato. Disfrazado de esta manera, le hablamos casi de igual a igual, sin muchos miramientos y respetos.

Parece que desea que nos acerquemos con frecuencia y con llaneza hasta él; de lo contrario, ¿para qué se disfrazó?

Cuando recibimos al Señor, cerremos los ojos del cuerpo y abramos los del alma. Es el momento de tratar con él. Buen tiempo para oír sus enseñanzas, agradecerle y suplicarle que no se aparte de nosotros.

¡Gran beneficio nos hizo el Señor en este sacramento para que en sacrificio le podamos ofrecer muchas veces en bien de la Iglesia!

"Perdona nuestras ofensas"

Alimentados con este manjar celestial todo se hace fácil. Podemos cumplir la voluntad del Padre y perdonar a los que nos ofenden.

Pedimos algo muy grande e importante, perdón por nuestras culpas. Y, en compensación, lo único que nos pide el Maestro es el perdón de las ofensas y desprecios que nos hacen a nosotros.

No hay punto de comparación entre una cosa y la otra. ¿Qué son las ofensas que nos hacen a nosotros? Unas menudencias que llaman agravios. De insignificancias hacemos un mundo; de una palabrita que nos dicen —o de una mirada— hacemos una tempestad.

Con vergüenza reconozco que —en otro tiempo— yo también me sentía ofendida por una cantidad de bobadas. No había caído en la cuenta de que precisamente en las injurias y menosprecios está el verdadero provecho nuestro.

En el camino del mundo van juntos "fama y ganancia", pero en el camino de Cristo es al revés: la deshonra nos trae ganancia. Las leves ofensas que perdonamos siempre son nada en comparación al perdón que nos otorga Dios por nuestras grandes e innumerables faltas.

¡Cómo estima el Señor el amor al prójimo! No nos dijo "Perdónanos porque nosotros rezamos mucho, o porque hacemos mucha limosna o porque estamos dispuestos a dar la vida por él". Solamente nos enseñó "Perdónamos como nosotros ya perdonamos", pues no es algo que vamos a hacer en el futuro, un "perdonaremos". Para quien hace la voluntad de Dios no pueden existir ni el rencor ni la venganza.

Facilidad en perdonar

Los más allegados al Señor no tienen ninguna dificultad en hacer las paces con sus perseguidores.

Cristo fortalece de un modo especial a sus amigos íntimos. Quizás les tolere algunas faltas en otros aspectos, pero su corazón no puede soportar un alma mezquina en el amor.

La persona unida a Dios experimenta con claridad todo lo que se le ha perdonado y se ve impulsada a hacer lo mismo con los otros.

La facilidad en perdonar —con sinceridad y desde lo más íntimo del corazón— es el mejor índice de nuestra unión con Dios. Pues, como dije poco antes, conozco y he tratado con muchas personas espirituales y no vi a ninguna, realmente unida con Dios, que en su vida cotidiana falte en esta materia.

"No nos dejes caer en la tentación"

No pedimos que nos libre de los trabajos, ni de las dificultades, persecuciones y oposiciones. Solamente pedimos ayuda para saber apartar de nosotros la mentira disfrazada de verdad, la venganza disfrazada de justicia, la mezquindad disfrazada de prudencia, la tibieza en el trabajo bajo capa de moderación.

¡Con cuánta razón nos enseña nuestro Maestro a pedir "líbranos del mal"!

Pero la peor trampa de todas es creernos mejores que los otros. Creernos personas virtuosas. ¡Esta es la peor enfermedad y peste del alma! El que enferma de esta dolencia cree que el Señor le debe retribuir en algo sus servicios, pues todo lo hace muy bien... ¡Qué necedad!

¿Qué remedio hay para esta infección? A mi parecer el remedio mejor es el que nos enseña nuestro Maestro: pedir repetidas veces al Padre que no nos deje caer en tentación.

También puede haber tentación por el lado opuesto. Nos pueden sobrevenir unos sentimientos, por ejemplo, de humildad tan grandes que nos inhiben de emprender cualquier obra buena. Una humildad tan oprimente que encuentra peligro en todo...

Esa es una falsa humildad. La verdadera humildad no inquieta ni atemoriza, ni nos roba la paz interior.

El verdadero humilde, aunque ve su pequeñez y se siente apenado por sus innumerables caídas, simultáneamente siente paz y alegría. El verdadero humilde no se siente oprimido sino que, al contrario, con gran ánimo para servir más a Dios y a sus semejantes.

"Líbranos del mal"

Le suplicamos a Dios nos libre de todo mal para siempre.

Le pedimos que, en el momento de la muerte, nos lleve junto a sí.

Líbrame, Señor, de tu ausencia (el único mal).

Líbrame de la muerte del alma.

Líbrame de tantos dolores, trabajos y fatigas; ya no soporto más la vida. Ahora me doy cuenta de que no vivo como debo vivir.

Conclusión

¿Qué apoyo o remedio llevaremos en el camino para no caer?

El Maestro nos señaló dos: amor y temor.

El amor nos haría apresurar los pasos, el temor nos hará ir mirando a dónde ponemos los pies para no tropezar.

Pero, ¿cómo sabemos si vamos con bastante provisión de amor y temor?

El que ama verdaderamente a Dios ama todo lo bueno. Quien de veras ama a Dios no puede amar vanidades, comodidades, deleites, honras o envidias. No pretende otra cosa que contentar al Maestro. Daría la vida para que fuera más conocido y seguido por otras personas.

El verdadero amor a Dios es un fuego grande que no se puede ocultar. Aunque en los comienzos, en los primeros pasos, no sea así, poco a poco se va acrecentando.

El otro remedio para el camino es el temor al mal. Temor al único mal de la humanidad: apartarnos de él. Temor de salirnos del camino que nos conduce hacia él. Temor de nosotros mismos. Temor a que —por una locura— pongamos nuestros deseos por encima de los suyos.

Por ello, terminamos nuestra oración con la humilde y sincera expresión de nuestra debilidad "y líbranos del mal".

3. LAS MORADAS

Presentación

Las obras grandiosas de la creación, las galaxias, montañas, desiertos y océanos nos invitan a alabar a Dios por su belleza y magnitud.

Los jazmines y violetas, con su delicada fragancia, nos hablan de un artista inagotable que no descuida ni el último detalle.

Pero hay todavía obras secretas más grandes y delicadas.

Una de esas maravillas ocultas es la doctora de la Iglesia santa Teresa de Jesús.

Su libro Castillo interior *nos revela parcialmente el esplendor de una persona entregada a Dios.*

Aunque muchas veces, al describir las diferentes etapas de la oración, santa Teresa habla en tercera persona, sin embargo, está hablando de su propia oración, de su trato íntimo con el Señor.

Es bueno, de tanto en tanto, levantar la vista y contemplar la inmensidad del cielo y el brillo de las estrellas aunque nunca viajemos hasta ellas. Y de un modo similar, es provechoso contemplar las estrellas del Reino de los Cielos.

En las páginas siguientes fijaremos nuestra vista en una superestrella, en su fuego interior y en el proceso por el que llegó a ser fulgurante.

Su trayectoria puede despertar ánimos y deseos de seguirla. Y aunque no subamos nada más que hasta medio camino, nos alegramos y bendecimos a Dios por tan refulgente astro.

EL ADAPTADOR

Introducción

No me atrevería a escribir ni un renglón sobre esta materia que voy a tratar —la oración— si no fuera que me lo han ordenado mis superiores.

No me siento ni con letras ni con fuerzas para acometer esta empresa, pero confío en quien todo lo puede.

Si en algo llegara a atinar y alguien sacara provecho de estas líneas, no se debe a mí sino a él, de quien proviene toda luz y sabiduría. Con esto me sentiría contenta. Pero si en nada acertara y para nada sirvieran estas páginas, con todo, creo que el Señor todopoderoso recibirá con agrado el esfuerzo que pongo en redactarlas ya que él mismo me lo ha mandado.

Primera morada

Pidiéndole ayuda a Dios para comenzar estas líneas, se me ocurrió la siguiente comparación. Nuestra alma es semejante a un magnífico castillo, con muchas moradas y que supera todo lo que vemos sobre la tierra, puesto que es imagen del propio Dios. Él mismo nos lo ha dicho: somos figuras y semejanza suya.

Lamentablemente son muy pocos los que saben de este castillo que hay dentro de cada uno. Muchos, muchísimos, se preocupan sólo de su superficie exterior, el propio cuerpo, pero no se conocen a sí mismos.

Este castillo interior tiene muchos ambientes, muchas moradas. En todas ellas se hace presente el Señor del castillo. Pero su asiento y habitación es la más interior. Su presencia hace resplandecer la belleza de todo el conjunto.

Intentaré, en el transcurso de estas páginas, mostrar cómo se comunica Dios a algunas personas, utilizando como punto de referencia dicha comparación.

Probablemente algunos de los que lean cómo se comunica Dios a algunas personas dirán que es imposible e inadmisible. Pero para él no hay nada imposible. Sus comunicaciones y coloquios con unos gusanos como nosotros, ¿no serán acaso la forma de mostrar su inmensa bondad?

Retornando nuestro castillo interior, ¿cómo entrar en él? Pero, ¿no es un disparate decir que vamos a entrar? ¿El castillo no somos nosotros mismos? Hay diferencia entre estar dentro del castillo y estar en los jardines exteriores, sin saber nada de lo que hay en su interior, ni saber quién lo habita.

La entrada al castillo

La puerta para entrar a este castillo es la oración y consideración. ¿Oración vocal u oración mental? No entro en distinciones. Si se dice oración es evidente que se hace atentamente, sabiendo quién es uno, quién es aquel que nos escucha y conscientes de lo que solicitamos o agradecemos.

La persona que diga que está haciendo oración y no tenga la cabeza en lo que está haciendo, es inútil decir que se encuentra orando por más que repita maquinalmente unas palabras o se aísle de los demás. Aunque, por ciertas circunstancias, Dios bondadosamente acepte como oración nuestras plegarias no plenamente conscientes.

Hay personas que algunas veces aciertan a entrar por esta puerta de la oración. Pero son tantas sus preocupaciones terrenales que apenas se quedan en las primeras moradas del castillo.

Sus momentos de oración son muy escasos, quizás una vez por mes. Y todavía esos momentos están enturbiados por mil preocupaciones. Tienen puesto el corazón fuera del castillo.

Los que entran hasta aquí no llegan a captar la magnificencia de todo el castillo. Sus ojos están llenos de polvo —intereses terrenales— que les impiden ver la verdadera realidad. ¡Ya hicieron bastante en dar con la puerta de entrada!

La luz del castillo

Este magnífico y resplandeciente castillo es tan luminoso y atractivo por estar allí presente el diseñador y realizador de todo lo bello. Pero si él llega a ocultarse —como ocurre cuando se peca gravemente— entonces no hay oscuridad comparable a las tinieblas que lo envuelven.

No pierde el sol su hermosura por la falta grave, pero no se hace visible en el alma. Como si sobre los ojos se colocara un paño negro; seguirá brillando el sol, aunque el que tiene la venda oscura no percibe su esplendor.

¡Ojalá comprendieran todos la desgracia que significa el pecado mortal! Las tinieblas se adueñan del alma entera y hasta se interponen en el pensar y querer. La inteligencia se ciega y la voluntad se entorpece. No dejemos de pedir, cada día, que nos libre de tan grave mal, a donde todos podemos caer.

Temas de reflexión

Lo primero es conocerse a sí mismo. El propio conocimiento, que es humildad, es la forma de andar en esta primera morada. La cual nos será necesaria en toda las otras etapas y más que nada en la más interior, junto al mismo Señor.

Pero jamás nos acabaremos de conocer a nosotros mismos si no procuramos conocer a Jesús. Mirando su bondad caeremos en la cuenta de nuestra maldad. Viendo su generosidad constataremos más nuestra mezquindad. Considerando su limpieza veremos mejor nuestra suciedad. Reflexionando sobre su sencillez, veremos cuán lejos estamos de ser humildes.

Hay dos ventajas de este mirar a Cristo y, luego, mirarnos a nosotros mismos. La primera es palpar la diferencia que existe entre él y nosotros; el contraste entre algo tan blanco y la negrura salta a la vista. La segunda ventaja en considerar la vida de Cristo, es que nuestra inteligencia y voluntad mejoran y se hacen más fuertes.

Este fortificarse de nuestra alma nos llega, por así decirlo, de aquello mismo que tocamos con nuestra inteligencia y voluntad. Lo que no ocurre si solamente fijamos la atención en nuestro propio ser, en nuestras poquedades y torpezas... De todo ese barro sólo pueden surgir temores e inquietudes y falsas humildades. Perderíamos el sendero.

Es preciso conocerse bien, pero no mirando pura y exclusivamente el propio fango. La fuerza nos viene de mirar hacia él y conociéndolo a él, nos conoceremos mejor.

Los que están en las primeras moradas empiezan a conocerse, pero no renuncian a las complacencias mundanas: honras, comodidades, placeres de todo tipo. Muchas veces son derrotados y se retiran del castillo y algunos no regresan más. Otros entran y salen continuamente. No terminan de darse cuenta de que deben renunciar a los negocios y preocupaciones que no les sean estrictamente necesarios a su trabajo o condición de vida. Si no hace esto no podrán pasar adelante y quizás ni podrán permanecer dentro del castillo.

Nuestro enemigo trata por todos los medios de apartarnos del castillo interior. Sus ataques son a cara descubierta. Luego, en las etapas siguientes, sus ataques son más disimulados y hasta parecería que nos quiere ayudar: se disfraza de ángel bueno, pero lo que busca es perdernos.

Segunda morada

¿Quiénes entran a esta segunda morada? Las personas que ven la importancia de hacer oración y la hacen pero todavía no dejan de lado las ocasiones de caer. ¡Les agrada jugar con el fuego!

Los que están en las primeras moradas son como mudos que no oyen. En cambio, los que están en las segundas ya comienzan a oír los llamamientos que hace el Señor. A pesar de que todavía hay caídas y faltas graves, sin embargo, la bondad de Jesús es tan grande y su interés por nosotros tan sin límite, que nos deja oír su suavísima voz. Quien la oye se esfuerza en responder y cumplir sus pedidos.

No quiero decir que se oiga la voz del Señor. Esto ocurrirá más adelante. En esta etapa su palabra llega hasta nosotros por medio de conversaciones con gente buena, por una lectura, una prédica o conferencia espiritual. También deja oír su voz en los trabajos o enfermedades o en los momentos en que estamos rezando. En esas ocasiones nos hace ver con más claridad alguna verdad.

Se escuchan esos llamados y surge un primer impulso a seguirlos..., pero no terminamos de dar el paso. No hay que desesperar. Jesús espera muchos días y hasta muchos años, en especial cuando ve constancia y buenos deseos de nuestra parte. Aquí la perseverancia es lo más necesario.

Lucha interna

Como recién estamos en la segunda morada, es muy grande la fuerza de atracción de lo recién dejado en el exterior del castillo. La artillería del enemigo no nos da descanso: temores, invitaciones, preocupaciones sobre cualquier tema...

¡La lucha interna llega a los límites de lo intolerable! Por un lado, entendemos que la enseñanza de la fe es realmente valiosa y que merece toda nuestra dedicación pero, por otro lado, lo que vemos en el cotidiano vivir, con nuestros sentidos corporales, es subyugante; ¡tiene tanto atractivo lo que se ve y se oye!

Está tan adormecida la fe, que queremos más lo que vemos que lo que nos dice la fe.

Se necesita la ayuda del Señor. Es preciso pedir y volver a pedir para que nos dé fuerza en el camino emprendido. Que nos dé valor para renunciar a todo aquello, incluso para dejar amistades que nos apartan de lo comenzado.

Y, aunque parezca una simpleza, es importante la propia decisión de seguir adelante aunque sea necesario perder la vida en este viaje.

Cambios de orientación

En las actividades comunes de la vida, abierta o secretamente, siempre se busca una cierta recompensa. Si se trabaja, se espera la paga; si hacemos un favor a un amigo esperamos, llegado el momento, una forma similar de tratamiento para con nosotros; si nos vestimos bien buscamos ser vistos o que se nos felicite por nuestro buen gusto... Siempre, siempre, andamos a la conquista de una recompensa para nuestra personita.

En el castillo interior se requiere un cambio.

En etapas posteriores el Señor regala a quien lo sigue, pues nadie le gana en generosidad. Pero sería un mercenario quien anduviera tras sus regalos.

El que comienza este camino de oración debe tratar, con todas sus fuerzas, de conformar su voluntad con la de Dios. Aquí radica la mayor perfección que se puede alcanzar en el camino espiritual.

Quien más perfectamente tenga esta conformidad de voluntad con la de Dios más recibirá de él y más adelante se encontrará.

Por lo tanto, no importa si nos cuesta hacer oración. No busquemos ni aspiremos a obtener recompensas o ventajas en esta ruta de oración. Nuestra mira debe ser que se haga su voluntad en esta tierra —tierra que somos nosotros— como la hacen todos los ángeles y santos que están en los cielos.

Tercera morada

¡Es un gran regalo de Dios haber entrado hasta aquí! ¡Haber soportado los primeros combates y perseverado en la oración!

En realidad, son muchos los que llegan hasta aquí. Son todos aquellos que desean complacer en todo a Dios. Por nada del mundo cometerían una falta grave y tampoco, a sabiendas, caen en faltas leves. Tienen sus ratos diarios de recogimiento, se preocupan de los demás; se esmeran en hacer lo mejor posible sus trabajos y en vivir en amable armonía con la familia; también se privan de algunas comodidades para socorrer a otros más necesitados.

Llegados a esta etapa de vida espiritual, se nos puede ocurrir que ¡ya estamos prontos para que el Señor nos admita a su lado! Que ya estamos haciendo bastante...

Pero no sucede nada. Da la impresión de que hemos dejado todos los atractivos sensibles para nada. Nos hemos sumergido dentro de nosotros mismos, creyendo acercanos más a Dios y parece que él se ha esfumado, que no existe más y que todo lo que hacemos es inútil y estéril.

Es un error. Nos equivocamos al pensar de ese modo.

No hemos hecho más que lo debido. La orientación de la ruta es la correcta. Hay que seguir adelante. Nuestras oraciones y obras por los otros no son nada. Hay que pasar por encima de nuestras pequeñas obras.

Ubicarnos en la verdad

La vida de los santos, de los que entraron hasta el centro del castillo interior e intimaron con el Señor, nos sirve de comparación para ubicarnos en nuestro verdadero lugar. ¿Cómo pretendemos pasar de inmediato a gozar de la comunicación de Cristo, cuando apenas hemos hecho una nadita en comparación con lo realizado por los santos y mártires?

Quien se detenga mucho en esa desventurada idea de que ha hecho mucho por Cristo y en respuesta sólo recibe indiferencia tendrá que examinarse sobre su humildad. Recordar y volver a recordar qué pequeño es al lado de Dios. Pensar cómo podrá pagar en algo lo que Cristo padeció por nosotros.

La verdad es que somos más amigos de los gustos que de la cruz. Hay que afrontar la realidad, aceptar la sequedad interior. Son las arenas resecas del desierto puestas por él para nosotros. Hay que seguir caminando sobre ellas, pese a nuestra repugnancia o a nuestra tendencia natural a lo agradable.

De la aridez del camino aprenderemos, por propia experiencia, hasta dónde llegan nuestras débiles fuerzas, aprenderemos la humildad, la verdad de lo que somos. Y si hay en nosotros humildad, aunque no nos dé Dios regalos interiores, nos dará paz y resignación.

¿Cuánto tiempo?

En esta tercera morada se pueden pasar años. Quizás uno se cree muy adelantado... y el Maestro nos muestra que no es como nosotros pensamos. Basta que aparte un poco su favor y de inmediato experimentamos nuestra miseria. Se vuelven a sentir los atractivos del mundo, la fuerza del egoísmo, la mezquindad. Nos apenamos de sentirnos tan ruines y, aunque esta misma pena de afligirnos porque no somos lo que deseamos ser es falta, sin embargo, nos hace ver nuestra debilidad.

Puede suceder que nos sintamos con deseos de tener más dinero, más tiempo, más recursos para poder ayudar mejor a los otros. Lo importante es buscar conformar nuestros deseos con los de

Dios. Si con sosiego y paz interior podemos adquirir más medios para provecho de los otros, bien.

Puede suceder también el desear para todos una vida tan bien ordenada como la nuestra. A primera vista parece un deseo excelente. Pero basta que nos desprecien, que nos presten poca atención, que tengan en poco nuestra vida y nuestro opinar y, aunque exteriormente no nos inmutemos, nos queda una comezón adentro y una inquietud prolongada... ¡Qué lejos estamos de parecernos a nuestro Maestro! Nosotros, los que querríamos a todos los demás parecidos a nosotros mismos.

Pero aun de estas miserias podemos sacar riquezas si de ellas sacamos humildad.

Sin embargo, pese a nuestras torpezas; pese a nuestras incesantes faltas, si insistimos en buscar y hacer su voluntad, aunque demore algún tiempo, vendrá nuestro médico a sanarnos.

Cuarta morada

De aquí en adelante las explicaciones se hacen más dificultosas. Comienza un caminar más allá de nuestra capacidad natural. No significa que llegamos hasta aquí con nuestras solas fuerzas.

Entramos por el camino de la oración con la ayuda de Dios y perseveramos en ella con su apoyo. Pero hasta el momento la mano de Dios parecía ocultarse. Hasta daba la impresión de que nos bastábamos nosotros mismos.

De ahora en adelante ya no cabe duda de que es él quien nos lleva de la mano. Comienza la oración "sobrenatural", superior a nuestras fuerzas, sin ningún género de dudas.

Como nos acercamos al centro de este magnífico castillo interior, donde habita el Maestro, la hermosura y delicadeza que se ven son difíciles de traducir en palabras. Lo que escribiré parecerá oscuro para quien no tenga experiencia en esta oración, pero será claro para quienes han transitado por este camino.

Parecería lógico pensar que llegan hasta aquí quienes, paso a paso, caminaron por las otras etapas durante mucho tiempo. En realidad es el camino común. Sin embargo, no siempre es así. El Señor da cuando quiere, como él quiere y a los que él quiere; como a aquellos trabajadores que fueron al viñedo. A los que llamó a la última hora les pagó en primer lugar e igual suma que a los que trabajaron desde la madrugada.

Satisfacciones y gustos

Previamente hay que aclarar la diferencia entre satisfacciones y "gustos".

Se puede tener una gran satisfacción humana al obtener un primer premio en una competencia, en el triunfo de un hijo o amigo. Y también tenemos, a veces, satisfacciones espirituales al hacer obras en bien de los otros; en la oración, cuando consideramos la vida de Jesús... Sentimos, aunque no siempre, una satisfacción espiritual (un contento íntimo) que en parte brota de nosotros mismos y se dirige hacia Dios. En los "gustos" espirituales es diferente. Comienzan en Dios y uno los siente y disfruta tanto, y mucho más que cualquier satisfacción humana de las anteriormente dichas.

Las satisfacciones humanas o espirituales oprimen el corazón, pero los gustos que da Dios parece que dilatan y ensanchan el corazón.

Las satisfacciones espirituales, acompañadas algunas veces de lágrimas emotivas, son propias de las primeras etapas de la oración. Pueden brotar de nuestras consideraciones y concentración en la oración; de nuestro razonar sobre la vida de Jesús.

Al ingresar a estas cuartas moradas, Dios comienza a dar gustos espirituales. Cuando esto ocurra hay que detener nuestra meditación o consideración. No vaya a pasar que, por querer seguir orando como lo veníamos haciendo hasta ese momento, Cristo siga de largo.

Cambio de oración

Para aprovechar mucho en este camino y llegar hasta donde nos lleve el Maestro, no está la cosa en pensar mucho, sino en amar mucho. Así, lo que más nos mueva amar, eso tenemos que hacer.

O, expresado de otra manera: no vamos a complacer a Dios con muchas palabras, muy bien hilvanadas y muy bien pensadas. Él busca nuestro amor, nuestra entrega y confianza en sus manos.

Quizás no sepamos en qué radica el verdadero amor.

No consiste en el mayor gusto espiritual sino en la mayor determinación en querer agradar a Dios en todo, procurando, en lo que podamos, no ofenderlo. Y, al mismo tiempo, rogando que vaya siempre adelante la honra y gloria de su Hijo y el florecimiento de la Iglesia.

No quiere decir que ya no existan tentaciones en esta etapa. Nos siguen asediando, pero en lugar de dañarnos nos hacen bien pues nos llaman a la realidad, a la humildad.

Dificultades

Aun estando muy firmes en nuestra determinación de agradar a Dios en todo, sin embargo, en los momentos de oración, no podemos fijar apaciblemente nuestro pensamiento en él. Nos atormentan las distracciones. Sentimos que estamos junto a él pero nuestros pensamientos vuelan de aquí para allí.

No hay por qué asustarse. El pensamiento y la imaginación son como las manos de nuestro ser interior; no son el centro de nuestra alma. Podemos estar muy junto a Dios aunque no podamos aquietar el movimiento de nuestras "manos".

Sin querer, podemos desperdiciar mucho tiempo del que dedicamos a la oración, al tratar de fijar el pensamiento en Dios. No nos damos cuenta de que tenemos un mundo dentro de nosotros mismos. Si no podemos detener el movimiento de los astros tampoco, por más que lo intentemos, detendremos el continuo divagar de nuestra imaginación.

Oración de quietud

La oración que recibe de Dios los gustos puede llamarse oración de quietud. No brota de nuestro esfuerzo de reflexión, sino que recibe el aliento directo de Dios.

El que hace oración reflexionando sobre la vida de Cristo y la propia vida se asemeja a la persona que riega su jardín, con mucho trabajo, transportando baldes de agua. El que recibe los gustos de Dios es como el que ve regar su jardín, sin ningún esfuerzo, porque recibe directamente el agua del cielo en forma de lluvia.

Cuando Dios quiere hacernos esos regalos sobrenaturales, se produce una grandísima paz y suavidad en nuestro interior que no se puede comparar, ni por asomo, con las satisfacciones anteriores. Esa preciosa agua del cielo humedece y ablanda los terrones de nuestro corazón y hasta llega a beneficiar nuestro propio cuerpo. No sé cómo, pero el que lo ha experimentado lo entenderá, que todo el hombre exterior goza con este gozo y suavidad interior.

Las palabras no bastan

Para explicar, en alguna forma, todo lo que hace Dios en el interior de nosotros mismos, es preciso valerse de diferentes comparaciones, pues lo que él hace supera nuestras pobres palabras.

Un poco antes dije que esta oración de quietud se parece a la lluvia. No cae desde fuera sino que brota desde lo más profundo de nosotros mismos. No sé cómo es, ni cómo ocurre, pero parecería que esa fuente de agua vivificante mana desde lo más íntimo y secreto de nuestra alma. Parecen cumplirse las palabras del Señor "brotarán aguas vivas del corazón de los que creen en mí".

Es como un foco de calor escondido en donde se queman preciosas hierbas aromáticas, llenando su agradable calor y fragancia todo nuestro corazón, nuestra voluntad e inteligencia y hasta nuestro cuerpo. Sin saber cómo sucede, nos transforma y nos da fuerzas y capacidad para realizar cosas que antes no podíamos hacer. El que todo lo puede nos arrima más a sí mismo.

Vuelvo a repetir que eso del calor, el agua o las fragancias son meras comparaciones. En realidad, no se siente en esta etapa ningún perfume, ni fuego interior.

Nos daremos cuenta en los resultados de si en efecto fue verdadera oración y no mera ilusión nuestra. ¿Qué tal es nuestra vida común? Nuestro cotidiano vivir ¿va de bien en mejor?, ¿nos parecemos más a Cristo en nuestro pensar?, ¿deseamos lo mismo que él y hacer lo que él hizo?

¿Cómo alcanzar esta oración?

No hay peor forma de lograr esa forma de oración que estar deseándola. Suspirando por tenerla.

No nos corresponde a nosotros buscar o codiciar la oración de quietud. Por varios motivos: 1) nuestro amor y seguimiento de Cristo deben ser desinteresados; 2) sería falta de humildad pretender algo que no se nos debe; 3) en lugar de buscar gusto, tenemos que pedir padecimientos para imitar al Señor; 4) además, él da a cada uno lo que le conviene; y finalmente, 5) si pretendemos tener oración de quietud con el propio esfuerzo, trabajaremos inútilmente.

¿Cómo alcanzar, entonces, esta oración?

Con humildad. El Señor se deja ganar —se deja comprar— por la humildad. Y lo primero es que ni pensemos merecer esos regalos. Hay que dejar de lado toda pretensión o aspiración de tales gustos.

Sus resultados

Los efectos de esta oración de quietud son muchos. En primer lugar, la misma oración cambia. Aun antes de que ocurra este cambio, sobreviene un período de transición. Se da un recogimiento sobrenatural. Un recogimiento que no consiste en cerrar los ojos ni en algo exterior. Es un recogimiento que nos hace desear el silencio... Parecería que el impacto de lo sensible va perdiendo fuerza y que el alma crece y se fortifica.

En las primeras etapas de la oración nos hacen guerra nuestros sentidos, que buscan siempre lo más agradable y suave y, también, tenemos que lidiar con nuestra imaginación y nuestros pensamientos. Pero en estos recogimientos que da el Señor, no es así. Como buen Pastor nos llama hacia el interior de este magnífico castillo interior y también atrae a nuestros sentidos, pensamiento e imaginación.

En los recogimientos, la iniciativa parte claramente de Dios. Sin saber cómo sucede y a veces, estando nosotros algo distraídos, nos atrae suavemente hacia sí, a lo más íntimo de nosotros.

¿Para qué nos atrae? Quizás para irnos preparando para algo más. Para que estemos más atentos a sus llamados interiores.

Agradecer y pedir

Al sentir estos recogimientos, lo primero es dar gracias a Dios por tan gran regalo y tratar de escuchar lo que él quiere. No es cuestión de entender o reflexionar. Hay que atender y pedir como pobres necesitados delante de quien todo lo tiene; luego, bajar los ojos y esperar con humildad. Si percibimos que nos oye, entonces hay que callarse y aquietar el entendimiento.

Pero si sentimos que él no nos ha oído —no se estableció comunicación—, no está bien que dejemos de lado la reflexión. Si nos esforzamos en no pensar, correremos el peligro de hacer el papel de bobos y nuestra alma quedará mucho más seca. Prosigamos nuestras peticiones, considerando lo que somos. En su momento, él sabrá qué hacer.

Estos movimientos interiores son todos suaves y pacíficos y no cuadra que nosotros hagamos esfuerzos penosos, como tratar de detener el pensamiento cuando todavía no llegó la hora.

Lo más conveniente —a quien Dios ha llevado hasta este nivel de oración— es atajar, en algo, el torrente del pensamiento, pero no tratar de suspenderlo totalmente. Considere que se encuentra en su presencia y piense quién es este Dios. Si lo que siente en sí mismo lo deja como extasiado, ¡enhorabuena! Pero no trate de entender lo que pasa porque es un regalo para la voluntad. Déjela disfrutar, diciendo o repitiendo interiormente alguna palabrita del corazón.

Lo más grato a Dios es que nos acordemos de solicitarle que "su nombre sea santificado", conocido y amado por todo el mundo, dejando de lado todo nuestro provecho personal.

Poco a poco Dios le enseñará, a la persona que conduzca hasta aquí, a hacer lo que conviene.

Quinta morada

¡Ojalá me asistiera Dios para que yo pueda dar a entender en algo los tesoros y deleites que hay en esta quinta morada!

Quizás, sería mejor no decir nada de ahora en adelante, pues ni se llega a entender ni hay comparación que pueda servir.

Pero vale la pena hacer el esfuerzo para guía de los que emprendieron este camino y también para todos los otros, para que admiren las maravillas que hace Dios con nuestro pobre barro.

Hay que pedirle fuerzas al Señor para cavar y llegar hasta este tesoro escondido. Fuerzas para darle todo lo que poseemos sin reservarnos nada para nosotros.

No se piense que aquí la oración se desenvuelve como en un sueño o como si el alma estuviera adormecida; como ocurría, en cierta forma, en la etapa precedente. Acá es diferente.

Lo que sucede es como una muerte al mundo para vivir más a Dios. Por breves momentos, pues no duran mucho estos ratos de oración, uno no es capaz ni de pensar, aunque lo quiera hacer, ni casi es capaz de amar y si lo hace no entiende cómo.

Aquí parecería que se separa el alma, deleitosamente, de su propia capacidad de pensar y querer para poder estar mejor en Dios. Quiere entender y no puede. Y, exteriormente, el cuerpo parece como muerto.

¿No habrá ilusión?

En el nivel anterior nos podía quedar alguna duda, sobre todo al principio, si aquello era sueño o imaginación nuestra. Aquí es imposible dudar de que sea Dios el que interviene. Nos une consigo sin ninguna intermediación, ni siquiera la de nuestro pensar: el pensamiento queda inmovilizado.

El gozo, la paz y suavidad que inundan el alma tienen el sello inconfundible de Dios.

El alma no ve ni oye ni entiende, durante el tiempo que está en esa oración. Tiempo que siempre es breve.

Dios se imprime en el interior de aquella alma de modo que, cuando vuelve en sí, no puede dudar de que estuvo en Dios y Dios en ella. Tan cierto le queda esto que aunque pasen muchos años sin que vuelva a repetirse, nunca dudará de lo sucedido.

¿Cómo lo puede explicar, si estando en ese trance ni veía, ni entendía? No digo que lo vio en ese trance, sino que lo entendió después, por la certidumbre que deja Dios, superior a todas las certezas humanas.

El alma es transformada

Todo lo que podamos hacer y dejar de lado por Dios no se puede comparar con lo que él nos da ya en esta vida.

Poniendo como comparación lo que ocurre con los gusanos de seda, los que después de un tiempo hacen su capullo y salen transformados en mariposítas blancas; así, algo similar hace Dios con nosotros en esos instantes de oración en que nos une a sí mismo. Morimos a nosotros mismos y salimos transformados como mariposítas.

En menos de media hora —pues no creo que nunca llegue a más la duración de esa oración— se produce un cambio maravilloso. ¡Casi se desconoce uno a sí mismo! De gusano feo se ve transformado en blanca mariposita. Siente unos deseos enormes de servir y padecer mil muertes por Dios. Todo le parece poco para agradarlo. ¡Ahora comprende cómo pudieron hacer sus hazañas todos los santos y mártires de la historia!

Si ese regalo del Señor se repite, cada vez que ocurra, se verá más y más transformada y con más deseos de trabajar y padecer por el Señor.

¿Comienza la vida fácil?

Quizás alguno piense que después de eso, todo es fácil y placentero. Pero ocurre lo contrario.

No quiere esto decir que no tengan paz. Sí, la tienen y muy grande. Pero ocurre que aquellas cosas de la tierra que a los comienzos les daban placer ahora les dan disgusto y fastidio.

Sufren, también, los que fueron transformados en mariposítas, al ver lo poco que se aprecia a Dios. Quisieran, si fuera posible, salir de este mundo para estar junto a Dios, pero los retiene el pensamiento de que Dios los quiere todavía en la tierra.

En esta etapa, el alma no está del todo rendida a Dios, como ocurrirá más adelante. Se sufre por esto mismo: no poder más porque no le han dado más.

Nuevo corazón

¡Es admirable el poder de Dios! Hace tan pocos años —y en algunos casos, hace pocos días— esa persona sólo pensaba en sí misma. Ahora sus preocupaciones son el renombre de Dios y el bien de todos los hombres. Es tan penetrante esta preocupación que se sufre. Parecería que se le tritura el corazón.

¿De dónde proviene este cambio, este sentir como en carne propia las ofensas que se le hacen a Dios? Al entregarse rendidamente —hasta donde puede— en sus manos y al no querer otra cosa que lo que él quiere, Cristo le imprime su propia imagen en el alma, como en cera blanda. Nuevos deseos brotan de este nuevo corazón moldeado por el Corazón de Cristo.

Se busca seguir adelante en el servicio de nuestro Señor y en el conocimiento propio, sin torcer del camino de los mandamientos.

Dios no da de balde estos regalos y espera que den frutos, en la propia vida y provecho de muchos.

Unión con Dios sin regalos

Al leer los regalos que se dan en esta morada, algunas personas pueden sentirse afligidas por no recibir esos dones.

No hay que perder la esperanza de alcanzar esa gran unión con Dios. Si nos esforzamos, con la gracia del Señor, lograremos la unión de nuestro querer con el querer de Dios.

Cuando se alcanza esta unión verdadera de voluntades, en no querer sino lo que quiere Dios, se alcanza una real unión con Dios que vale tanto como la unión suave y regalada.

La señal inequívoca de que esta unión con Dios es cierta se detecta en el verdadero amor al prójimo. Es muy importante revisar nuestras relaciones con los otros. Hay que ayudar y servir a los demás en menudencias, sin estar aguardando a que se presenten grandes acontecimientos o necesidades para ir en su ayuda.

Obras quiere el Señor. Obras de amor, en primer lugar, para con los que están junto a nosotros, atendiendo sus pequeñas y grandes necesidades. Alegrándonos, con ellos, cuando son alabados y felicitados. Y cuando les notamos alguna falta, sepamos disimularla y encubrirla, como si fuera nuestra propia falta o deficiencia. En lo que respecta a los trabajos comunes, es mejor elegir la mayor parte para uno, para evitar que los otros tengan tanto.

El que falta a la caridad con el prójimo, aunque tenga ciertos regalos en la oración, no tiene verdadera unión con Dios. Más le vale pedir al Señor que le alcance el perfecto amor al prójimo.

En la medida en que sea posible, conviene dejar de lado la propia voluntad para hacer el gusto a las demás.

Vigilar

Esta oración de unión no es todavía la común-unión total con Dios. Es un anticipo, una preparación. Son las visitas previas antes de la toma de posesión total.

Se sufre y se anhela que llegue la hora de la comunión del alma y Dios.

Aunque parezca fuera de lugar, en esta etapa como en todas las anteriores, es preciso vigilar y evitar las ocasiones de ofender al Señor.

No olvidemos que hasta uno de sus más allegados, Judas, lo traicionó, a pesar de estar continuamente junto a él.

En estas moradas, el mal se presenta bajo apariencias de bien. El padre de la mentira sugiere ideas "buenas", pero no tan buenas como las que correspondería llevar adelante.

La petición, enseñada por Jesús, "no nos dejes caer en tentación y líbranos del mal disimulado y artero", adquiere mayor profundidad. Hay que vigilar y examinarse de continuo. Mirando los consejos de Cristo, preguntarse: ¿nos agrada que nos tenga en menos, como el menor de todos?, ¿queremos, verdaderamente, cada día más a los que están junto a nosotros?, ¿y a toda la humanidad? Si no adelantamos significa que algo anda mal, pues el amor nunca está ocioso. El que ama de verdad al Señor corre y vuela y nunca se detiene.

Necesidad de un guía-consejero

En estas últimas moradas y, aun, desde el ingreso al castillo interior, conviene recurrir a una persona que nos pueda aconsejar y enseñar sobre el camino de la oración. Nadie emprende un largo viaje sin averiguar antes acerca de la ruta a seguir y, durante el trayecto, hay que pedir frecuentemente consejo para mantener la orientación correcta.

Sexta morada

Aquí la unión con Dios sin ser todavía total es mayor que en la morada precedente. Los dolores internos también son mayores y se acrecientan las oposiciones externas. A veces sobrevienen enfermedades —gran don de Dios— pero peor son las inquietudes e incertidumbres del alma... No sería posible aguantar más tanto apretamiento del corazón si el Señor no ayudara.

Los llamados de Dios son diferentes a los de antes. Ocurre, aun sin tener presente a Dios, que se siente como una suave herida estremecedora. No se sabe quién hiere, pero se entiende que está Cristo presente. Produce dolor suave y dulce. Estas heridas, a pesar de su dolor, son más agradables que todos los gustos anteriores.

El que recibe estas heridas —imposibles de describir— se siente desmenuzar por la presión de los deseos que brotan, en ese momento, de su corazón. Al mismo tiempo, no sabe qué pedir al Señor.

Es como si una flecha le atravesara el corazón y, cuando se la quitan, parece que le quitan también el corazón.

Puede compararse, también, a una brasa encendida que nos enciende y luego se retira. A veces permanece un rato, la quitan y la vuelven a colocar. Nunca queda en forma estable.

¿Quién arroja esos dardos?

Aquí no hay ninguna duda de que este regalo es del Señor, pues el pensamiento y la voluntad no quedan abstraídos. Se tiene plena conciencia de lo que sucede, pero sin poder acrecentar o quitar esa pena deleitosa.

La certeza del origen de este dardo doloroso es una admirable combinación de sufrimiento y paz gozosa. Una rara combinación que sólo nace de él, dejando como cicatriz una firme determinación de padecer por Dios.

Otros llamados de Dios

Puede ocurrir también que al estar rezando vocalmente —con alguna distracción— uno se inflama deleitosamente de modo repentino. Sin ningún dolor, en este caso, se siente fuertemente atraído hacia Dios.

O también puede oírse al Señor que nos habla.

¡Hay que tener mucho cuidado en esto! Quizás son meras ilusiones.

Si esas palabras contradicen, en algo, las Sagradas Escrituras, hay que hacer poco caso de ellas.

¿Cómo saber si las voces que oímos son de Dios?

En primer lugar, por la fuerza y señorío de ellas mismas; sus palabras no son como las nuestras: tienen sonido y poder. A modo de ejemplo: se encuentra uno apenado por asuntos graves, basta que él diga: "Yo soy, no temas" y la tormenta interior se sosiega en unos instantes. Y como esta, otras muchas cosas.

La segunda señal: la gran quietud, paz y recogimiento que dejan sus palabras.

El tercer indicio de su origen divino es la fijación en nuestra memoria de esas palabras. No se olvidan en mucho tiempo; a veces ni en algunos años, ni en toda la vida.

También puede comunicarse Dios por medio de palabras silenciosas, solamente audibles con los oídos de nuestra alma.

Conciencia de la propia pequeñez

Si la persona que recibe estos regalos del Señor se considerara mejor, en vez de quedar más confundida, puede estar segura de que eso no es de Dios. La marca inconfundible de sus obras es otra.

Cuanto más da a una persona, esta se siente más avergonzada por lo indigna que se ve frente a él. Busca con más ahínco hacer su voluntad, convencida de no haber merecido ni una palabra ni ningún regalo.

Los éxtasis

En esta etapa de oración, Dios tiene todavía otra forma de acercarse al alma para ir preparándola para la comunión definitiva.

Como el alma todavía no se encuentra del todo dispuesta para recibirlo, viene él para dar los últimos retoques. Se produce un éxtasis con pérdida de los sentidos exteriores; es imposible querer o entender pero, al mismo tiempo, se siente más despierto que nunca para las cosas de Dios.

El Señor le muestra al alma, en esos momentos de suspensión o éxtasis, cosas maravillosas e irrepetibles. Las verdades de la fe quedan más impresas en el corazón que el mundo sensible circundante.

Se siente y experimenta que todo lo que uno pueda realizar y entregar a Dios, en toda la vida o en mil vidas, no es nada en comparación con lo que él nos da y regala.

La duración de los éxtasis es breve. Si duraran más tiempo, el cuerpo no resistiría. Pero aunque sean pasajeros, el alma permanece muchos días inflamada por ese gran fuego.

El alma se siente encendida por inmensos deseos de emprender y llevar a cabo innumerables trabajos por Dios; aspira a que toda la humanidad lo conozca y la ayuda a darle gracias.

Éxtasis diversos

Hay otra manera de éxtasis o vuelo del alma.

Se siente, repentinamente, un movimiento interior tan acelerado que parece que se va el alma del cuerpo, ¡se deja sentir el inmenso poder de Dios!

Las primeras veces que se experimenta, atemoriza.

Se requiere gran confianza y abandono en manos del Señor. Que él disponga de nosotros como le parezca.

Como consecuencia de esta forma de éxtasis, el alma se ve tan pequeña e imperfecta que no sabe qué hacer para retribuir una atención tan grande.

Estando una persona orando, cierta vez, con esa congoja de no poder corresponder a los favores recibidos sintió que Cristo crucificado venía en su ayuda y le daba todos los sufrimientos de su pasión para que los tuviera por propios y se los ofreciera al Padre. Desde ese momento, esa persona ya no se sintió desprovista de todo. Sin lugar a dudas, el Señor se complace con la verdad. Gusta que reconozcamos nuestra pobreza total.

Volviendo al tema de los movimientos acelerados del espíritu, dan la impresión de que el alma abandona el cuerpo. Y estando fuera del cuerpo o en el cuerpo —no lo sé exactamente— ve, con los ojos del alma, una luz totalmente diferente a la de aquí. En un instante se le enseña tanto que ni en toda una vida se puede aprender por sí mismo.

Este vuelo repentino se produce con la misma celeridad que sale una bala de un arma e imprime en el alma un saber inolvidable de la grandeza de Dios, conocimiento de sí mismo y gran humildad, junto con una adecuada valoración de todo lo que existe en la tierra.

La cruz se acrecienta

Los éxtasis son frecuentes y el alma vive ansiando ver a Dios.

El deseo es tan intenso que se hace torturante.

Al mismo tiempo, en los períodos intermedios, se aflige pues teme ilusionarse y ser causa de que otros también se engañen. Y, en último término, lo que más teme es provocar desconfianza hacia Dios y su Iglesia.

El crédito, aprobación que le den personalmente no le importa —pues los éxtasis tienen lugar, a veces, delante de otras personas—, lo que le preocupa es el buen nombre y fama de Dios.

No cometería ni la mínima falta, con advertencia, aunque tuviera que morir por ello. Busca agradar a Dios hasta en el último detalle. Y da por muy bien empleado cualquier sacrificio con tal que alguien más conozca o progrese en el seguimiento de Cristo.

Dios es inagotable

A veces, el Señor da una oración extraña. Una alegría desconocida invade el alma. Un gozo interior tan desbordante que se desea comunicar con otros. Se desea que todos sientan esa misma alegría para que todos juntos lo ayuden a dar gracias. Da ganas de salir dando gritos, por calles y plazas, para hablarles de la inmensa alegría de servir a Dios.

Este torrente de alegría puede durar hasta un día entero. Aunque la comparación es muy burda, ese estado de euforia se asemeja al de una persona que ha bebido en demasía.

Cristo, el único camino

Quizás se piense, a esta altura de la oración, que hay que dejar de lado nuestras consideraciones-meditaciones sobre la vida y palabras de Cristo, nuestro Señor. ¡Tremendo error!

El mismo Jesús se llama camino y luz. Nadie puede ir al Padre sino por él. Quien lo ve a él ve al Padre.

Descuidarse en este punto es como construir sobre arena; es dañarse a sí mismo y cerrarse el camino para llegar a él.

Es preciso seguir reflexionando. No basta sólo querer, amar. Como no se tiene permanentemente el fuego interior, hay intervalos de sequedad. Y cuando hay sequía hay que utilizar los baldes para regar el jardín, recordando la comparación que puse en otro momento. Los baldes que tenemos a mano son la memoria y la inteligencia; con su ayuda, muchas veces se reaviva el ímpetu del amor.

En la última morada ya no es necesario reavivar el amor a Cristo. Su llama permanece, casi sin intervalo, siempre encendida en el corazón.

Visiones

Cuanto más adelante está una persona en el servicio de Dios, más cerca está de Cristo. Llega a suceder que él mismo se hace presente a nuestro lado. No se lo ve pero se sabe que es él. Como cuando se está en una habitación a oscuras: no se ve nada, pero se siente la presencia de otra persona, sin verla ni tocarla.

Esta presencia junto a nosotros permanece durante muchos días y hasta más de un año. A veces, también se le oye decir alguna palabra sin verlo.

Otras veces, se manifiesta visiblemente, como cuando enseñaba en Galilea o después de resucitado. Y, aunque esa visión dura un instante, como el destello de un rayo, sin embargo queda esculpida en la memora para siempre.

Cuando Cristo visible habla, apenas se puede fijar la vista en su presencia, como no se pueden fijar los ojos en el sol; con la diferencia de que su luz no daña los ojos del alma (los ojos exteriores no lo ven) como sucede con la luz del sol.

Su resplandor es como una luz difusa y radiante. Su vista es subyugante e infunde un grandísimo respeto.

Dios tiene otras muchas maneras sobrenaturales de comunicarse al alma, cuando la quiere ir disponiendo para habitación definitiva suya.

Humildad

No se imagine, la persona que recibe estos presentes de Dios, que es mejor que los otros.

El Señor conduce a cada uno de acuerdo a lo que le conviene.

Quizás impulsa a los más débiles, con regalos, pues de otro modo no caminarían...

Allá, junto a él, nos asombraremos al ver qué diferentes son sus juicios a los de acá.

Séptima morada

Parecería que está todo dicho en este camino espiritual. Pero el poder de Dios no tiene límites y tampoco lo tiene su amor.

En los éxtasis, Dios se comunicaba de forma secreta y escondida. Aquí en esta última morada es diferente.

Se quitan las escamas de los ojos del alma para que vea y entienda. Se le muestra la Santísima Trinidad con una calidez inaudita; llega como una nube luminosa y se entiende esta verdad de la fe —por así decirlo— con los propios ojos.

Se le comunican las Tres Divinas Personas y le dan a entender aquellas palabras de Jesús: que él y el Padre y el Espíritu Santo vendrían a habitar en el alma de quienes lo aman y guardan sus mandamientos.

Desde ese instante, se siente continuamente la Trinidad presente, en lo más íntimo del alma, sin saber decir cómo ocurre.

¿Vida ensimismada?

Quizás se pregunte alguno, en ese estado o etapa de oración, ¿se vive absorto, con la vista sólo en la Trinidad, sin entender nada de nada?

Ocurre exactamente lo contrario.

Se está mucho más alerta que antes para todo trabajo en bien de la Iglesia y los hombres. Sin embargo, sea cual fuere la actividad que tenga entre manos, el centro y parte más importante del alma adora y agradece a Dios sin cesar.

Común-unión

La habitación definitiva de Dios en el alma tiene lugar en esta morada. Aunque, a decir verdad, la comunión total y perfecta sólo se da en la otra vida.

Cuando sucede por primera vez, se presenta Cristo, visible a los ojos del alma, con gran resplandor, hermosura y majestad, como después de resucitado y le dice al alma que ya es hora de que tome sus cosas como propias, pues él se ocupará de las suyas.

Esta visión es muy diferente a las anteriores. Sus palabras poseen una fuerza única. Son reales y eficaces. Cumplen y realizan lo que dicen. Es como una toma de posesión definitiva del alma.

Da la impresión, en ese momento, de que Dios da un anticipo de toda la alegría, gozo y paz del cielo. No hay palabras, ni comparaciones para describir lo que se vive. Se realiza la unión de Dios y la pequeñez, como una gota de agua en la inmensidad del océano.

Preocupación universal

Los resultados de esta unión con Dios son similares a los relatados anteriormente, pero llevados a un grado máximo.

La persona que recibe este don se entrega enteramente a las obras de Dios sin acordarse para nada de sí misma. Parece que se cumplen las palabras que le dirigió Cristo. Ya no le interesa ser nada ni que la consideren en nada. Si se preocupa por su propia fama, es solamente en la medida en que eso sirve para la honra de Dios.

Tampoco desea, como antes, morir para ver a Dios. Ahora prefiere vivir muchos años para trabajar por él, para dar a conocer el Evangelio.

Se trabaja para que todos conozcan a Dios. Y no sólo para que sea conocido, sino para que sea servido con todas las fuerzas y con todo el corazón.

La inseparable cruz

La diferencia de esta etapa, con todas las anteriores, se encuentra en la ausencia de fuertes movimientos espirituales. No hay pensión de los sentidos ni éxtasis. Tampoco hay sequedades. El alma se encuentra en quietud casi siempre, pues se encuentra junto al mismo Señor.

Sin embargo, no falta la cruz, pero sin pérdida de la paz interior. Algunas veces, el Señor deja sola al alma, por un día, para que entienda más que lo que tiene es regalado, para que se mantenga en la humildad.

Tampoco quedan esas almas libres de leves faltas, cometidas por inadvertencia.

Para terminar, hay que recordar que las personas que más cerca estuvieron de Cristo fueron las que sufrieron más. Basta recordar los padecimientos de su gloriosa Madre al pie de la cruz.

No nos engañemos, cuando Dios llama a un alma —y llama a muchísimas— desde lo más profundo y la atrae junto a sí, lo hace para asociarla a la dolorosa obra de salvación.

Conclusión

Es cierto que no se puede entrar, por las propias fuerzas, en todas las moradas interiores. El mismo Señor del castillo nos introduce donde quiere y como quiere. Es inútil forzar sus entradas. Si se emplea la fuerza se enojará el Señor y quizás nunca permita el paso.

Pero el Señor tiene una debilidad: es muy amigo de la humildad.

Si el alma no pretende otra cosa que entrar en la tercera morada —considerando sinceramente no merecer más— lo conquistará para que la lleve hasta la quinta morada. Y sirviéndole con humildad, poco a poco, el Señor la llevará hasta la última.

Aunque son nada más que siete moradas, en cada una hay muchos lugares, amplios y hermosos, que nos hablan de las maravillas del gran Dios que nos creó a su imagen y semejanza.

ÍNDICE

1
AUTOBIOGRAFÍA

2
CAMINO DE PERFECCIÓN

3
LAS MORADAS

COLECCIÓN **verdad y vida** mensajes de esperanza, para intentar recomenzar en cada momento de la vida

ANTE LA MIRADA DE DIOS

MARÍA FIDELIS TIBALDO

Una invitación a escuchar la palabra de Dios, reflexionar sobre su mensaje, examinar la propia vida, orar e invocar al Espíritu y asumir un compromiso cristiano.

CÓMO EMPEZAR UN BUEN DÍA

Pensamientos y oraciones

VÍCTOR M. FERNÁNDEZ

En este libro veremos catorce maneras positivas para empezar bien el día

FELICES LOS QUE LLORAN

ALFONSO MILAGRO

(70.000 ejemplares vendidos)

Reflexiones de aliento, consuelo y esperanza para los que sufren.

INÚNDAME DE PAZ

Oraciones para pacificar una vida alterada

VÍCTOR M. FERNÁNDEZ

Reflexiones sobre las causas de nuestros miedos y angustias y oraciones para pedir al Padre la sanación. Para que nos sintamos inundados de la paz de Dios.

LAS BIENAVENTURANZAS

LUIS E. DIEHL

La lectura de esta obra, centrada en la reflexión sobre cada una de las Bienaventuranzas, nos hará abrir el corazón para recibir el precioso regalo del amor de Dios.

MEDITACIONES SOBRE EL AVEMARÍA

THELMA C. DE LASTRA

Para profundizar en el significado pleno de las palabras con que nos dirigimos a nuestra Madre y unir cada día más nuestra vida a la suya.

MENSAJES DE AMISTAD Y ESPERANZA

CECILIA PREZIOSO

Mensajes con sabor a entusiamo, ganas de vivir
y esperanza de volver a empezar.

SE TRATA DE AMAR MUCHO

Autobiografía - Camino de perfección - Las moradas

TERESA DE JESÚS

Santa Teresa nos da una serie de recomendaciones para disponer nuestra propia casa para la visita de Jesús. Un libro para redescubrir día a día que el amor de Dios no tiene límites: un gran fuego que se expande, imposible de ocultar.

TODO ME HABLA DE TI

LEONOR LAZARINI

Un canto al amor de Dios.

UN MES CON MARÍA

MARÍA BESTANI

Meditaciones para cada día del mes, para construir una relación cálida y profunda con María.

Este libro se terminó de imprimir en el mes de junio de 2005,
con una tirada de 3000 ejemplares
en CF, Producciones Gráficas
Ing. Marconi 716 (B1870ACF) Avellaneda, Buenos Aires, Argentina,
Tel/fax: 4201-1274 - Celular: (15) 4438-3585
E-mail: cfproduccionesgraficas@yahoo.com.ar